Pitti Sommer

Entschuldigen Sie bitte, wo geht es hier zur Orthopädie?

AF282638

Pitti Sommer

Entschuldigen Sie bitte, wo geht es hier zur Orthopädie?

Memoir

Bibliografische Information der Deutschen Nationalbibliothek:
Die Deutsche Nationalbibliothek verzeichnet diese Publikation in der Deutschen Nationalbibliografie; detaillierte bibliografische Daten sind im Internet über http://dnb.dnb.de abrufbar.

Korrektorat: Christian v. Raumer
Titelbild Entwurf: Pitti Sommer
Titelbild grafische Umsetzung: Heiko Benkenstein

Verlag: BoD · Books on Demand GmbH, In de Tarpen 42, 22848 Norderstedt, bod@bod.de

Druck: Libri Plureos GmbH, Friedensallee 273, 22763 Hamburg

ISBN: 978-3-7693-2301-6

Inhaltsverzeichnis

Vorwort..2

Erster Teil..4

Zweiter Teil 79

Dritter Teil 117

Nachwort und Danksagung.......................................156

I

VORWORT

Zuerst möchte ich anmerken, dass dieses Buch auf Tatsachen beruht. Es wurde nichts erfunden und alles hat sich so zugetragen wie beschrieben.

Angeregt zu diesem Buch hat mich ein Lied der israelischen Sängerin Dahlia Lavi, in dem es heißt: "Wär' ich ein Buch zum Lesen, welche Art von Buch wär' ich?" Nun, vielleicht wiegt das Papier dieses Buches mehr als sein Inhalt, aber das entscheiden Sie, liebe Leser.

Meine Geschichte spiegelt das Gestern und Heute wider: was sich zwischen den Ärzten und mir als Patientin über die Jahrzehnte verändert hat – nach meiner Meinung überwiegend zum Positiven. Sie erzählt sowohl aus der Sicht des damals 13-jährigen Mädchens als auch aus der Perspektive der heutigen Frau, die immer noch mit der Orthopädie auf Du und Du steht.

Alle genannten Personen sind real, lediglich ihre Namen – bis auf den meines väterlichen Freundes und Hausarztes – sind verändert.

Ich widme dieses Buch meiner Familie, insbesondere meinen lieben Eltern, die mir vor allem in den Anfangsjahren meiner Orthopädie-Odyssee viel Kraft und Liebe gaben.

Geboren wurde ich Ende der 50er Jahre im Neuköllner Kiez des winterlichen West-Berlins, wo ich auch aufwuchs. Diese Geschichte beginnt, als ich mein zwölftes Lebensjahr vollendete.

ERSTER TEIL

Es war schon wieder Herbst geworden und der Wind spielte mit den verwelkten Blättern der Platanen in unserer Straße. Wie herrlich ihre Farben in der Sonne leuchteten! Zu gerne wäre ich an diesem Morgen mit meinen Freundinnen durch den Kiez getollt, aber leider mussten wir ja zur Schule. Es war ein Schultag wie jeder andere – doch dieses Mal sollte er mit einem schicksalhaften Ereignis für mich enden. Wie immer am Mittwoch stand in den beiden letzten Stunden Sport auf dem Stundenplan. Das war nicht unbedingt mein Lieblingsfach, aber an diesem Tag war Bodenturnen angesagt. Das bereitete mir stets großen Spaß, weshalb ich begeistert mitturnte.

Zu Beginn sollten wir an einem Seil hinaufklettern und ich gab mir wirklich Mühe, wenigstens ein kleines Stück nach oben zu gelangen. Aber so sehr ich mich auch anstrengte: Es ging nicht nennenswert aufwärts und ich hing wie ein nasser Sack am unteren Seilende. Meine Lehrerin sah sich dieses Drama eine Weile an und entschloss sich dann, Erbarmen mit mir zu haben: Ich durfte zu den Ringen laufen, um zu schaukeln. Das war doch viel schöner! So vergingen die beiden Sportstunden nach meinem Geschmack und ich beschäftigte mich ausgiebig mit den von der Decke hängenden Turngeräten.

Nun hatte sich unsere Lehrerin jedoch in den Kopf gesetzt, dass zum Ende des heutigen Unterrichts jeder von uns einen Handstand vorführen sollte. Wir stellten uns daher hintereinander in einer Reihe auf und gingen einzeln zur Bodenmatte, um zu zeigen, was wir konnten. Wer - so wie selbstverständlich ich – den Handstand nicht schaffte, dem gab die Lehrerin zusammen mit einem Mitschüler Hilfestellung. Auf diese Weise machte sogar ich dabei eine recht passable Figur. Jetzt hatte mich aber der Ehrgeiz gepackt und ich wollte es allein probieren! Irgendwie schaffte ich es auch, beide Beine gestreckt oben zu halten, als plötzlich ein furchtbarer Schmerz durch meinen rechten Oberarm und meine Schulter fuhr, so heftig, dass ich ihn bis heute nicht beschreiben kann. Kraftlos sackte ich zusammen und blieb auf der Matte liegen.

Vorsichtig rappelte ich mich etwas auf und sah, dass mein Arm schlaff an mir herunterhing. Ich war beim besten Willen nicht in der Lage, ihn zu bewegen. Er fühlte sich zudem völlig taub an, so als ob er mir gar nicht gehörte. Dazu kam dieser unerträgliche Schmerz in der Schulter! Ich schrie und weinte und probierte instinktiv den Arm zu drehen, als plötzlich, mit einem Ruck, etwas gehörig in meiner Schulter knackte. Darauf konnte ich den Arm wieder bewegen, fast so, als sei nichts geschehen. Zwar war ich froh, keine Schmerzen mehr zu haben, aber es blieb ein Taubheitsgefühl, das nicht weichen wollte. Später erfuhr ich, was passiert war: Ich hatte eine sogenannte „halbe Luxation", eine fast vollständige Auskugelung. Ich drückte den Arm fest an meinem Körper, so als müsste ich ihn beschützen. Das durfte mir nie wieder passieren!

Glücklicherweise ahnte ich damals nicht, dass dies nur der Anfang eines langen Leidensweges sein sollte. Als meine Lehrerin sicher war, dass es mir wieder einigermaßen gut ging, schickte sie mich, zusammen mit einer Mitschülerin, sofort zum Schulsekretariat, wo gleich ein Unfallbericht geschrieben wurde. Man schärfte mir ein, dass ich sofort zu meinem Hausarzt gehen solle, um mich untersuchen zu lassen.

Tina, meine beste Freundin, begleitete mich nach Hause und war so lieb, meine Schultasche zu tragen. Am Nachmittag ging ich dann zu unserem

Hausarzt. Dazu muss ich sagen, dass dieser Arzt in all den Jahren der einzige Mediziner war, der meine Probleme ernst nahm, mir immer wieder zuhörte, mich nie fortschickte und alles erdenklich Notwendige in die Wege leitete, um mir zu helfen. Als mein Sportunfall passierte, war ich gerade einmal 13 Jahre alt, doch es sollten noch weitere zwölf Jahre vergehen, bis man eine endgültige Diagnose stellte. In diesem Zeitraum kämpfte ich darum, dass man mir endlich Glauben schenkte und mich ernst nahm. Hätte man dies von Anfang an getan, wäre mein Leidensweg nicht so unsagbar schwer und lang gewesen.

So saß ich nun im Wartezimmer und hoffte, bald aufgerufen zu werden, denn eigentlich hatte ich ja vor, mit Tina zu ihr nach Hause zu gehen, um mit ihr gemeinsam ihre neuesten Schallplatten anzuhören. Damals gehörten zu unseren inbrünstig angebeteten Stars unter anderem David Cassidy und Chris Roberts. Tina hatte deren neueste Singles gerade von ihren Eltern geschenkt bekommen.

Es dauerte nicht mehr allzu lang und ich wurde ins Sprechzimmer gerufen. Dr. Frese stand bereits in der Tür seines Behandlungszimmers und winkte mich herein. Er war - für meine damaligen Begriffe – schon ein älterer Mann von Anfang fünfzig

Jahren. Er sah sehr markant aus, war von großer, schlanker Statur und hatte immer ein verschmitztes Lächeln im Gesicht. „Nun, mein liebes Kind" (manchmal nannte er mich auch Dickerchen, weil ich noch etwas Babyspeck hatte), „was führt dich zu mir?" Mit diesen lieben Worten nahm er mir umgehend die Angst und ich erzählte ihm, was mir beim Sportunterricht passiert war. Er hörte aufmerksam zu und bat mich, den Oberkörper frei zu machen. Dann hob er meinen rechten Arm, drehte ihn vorsichtig nach hinten und streckte ihn nach oben, so gut es eben ging. Ich hatte Gott sei Dank keine Schmerzen und verspürte nur ein dumpfes Ziehen, ein unangenehmes Gefühl, das mich in den folgenden Jahren ständig begleiten sollte. Dr. Frese verschrieb mir zunächst eine Salbe zum Einreiben, jedoch nicht ohne die Ermahnung auszusprechen, sofort wiederzukommen, wenn nicht innerhalb einer Woche eine deutliche Besserung eingetreten sei.

Erleichtert ging ich mit Tina zu ihr nach Hause. Das würde schon „allet wieder wern mit Mutter Behrn", wie mein Papa immer zu sagen pflegte. Was freute ich mich auf den Nachmittag mit Tina und ihren neuen Platten! Der Spruch meines Vaters ging aber weiter: „Mit Mutter Horn is ja ooch jeworn. Nur die Schmitten – die hat jelitten." Gut, dass ich damals nicht wusste, dass ich mehr der Schmitten gleichen sollte.

Es wurde nicht besser und so besuchte ich nach einer Woche wieder meinen Arzt, der es diesmal mit schmerzlindernden Spritzen in den Oberarm versuchte. Diese Behandlungsmethode empfand ich als unangenehm, wusste aber, dass er mir ja helfen wollte und ertrug die Prozedur deshalb tapfer. Die Wochen vergingen, doch eine Besserung trat einfach nicht ein und so erhielt ich eine Überweisung zu einem Orthopäden.

An einem Nachmittag nach der Schule sollte der Termin sein. Ich konnte dem Unterricht den ganzen Morgen über gar nicht recht folgen, weil in mir ein solch banges Gefühl herrschte beim Gedanken an das, was auf mich zukommen mochte. So machte ich mich dann mit klopfendem Herzen auf den kurzen Weg zu diesem Facharzt. Ich brauchte ja nur eine Straße überqueren, auf deren anderer Seite sich ein Ärztehaus befand. Als ich dort ankam, war das Wartezimmer brechend voll. Dieser Umstand drückte meine Stimmung dem Nullpunkt entgegen, denn ich hatte gehofft, schnell behandelt zu werden, um die quälende Ungewissheit und die Angst möglichst bald hinter mir zu lassen.

Nach stundenlanger Wartezeit wurde ich endlich aufgerufen. Mit weichen Knien begab ich mich in das Behandlungszimmer, wo der Arzt bereits wartete. Er machte einen sehr netten Eindruck und fragte mich nach meinen Beschwerden. Er las sich Dr. Freses Bericht durch, um sich ein Bild über die bisherigen Behandlungen zu verschaffen. Ich erzählte ihm von dem missglückten Handstand, dem Schmerz und dem tauben Gefühl. Er untersuchte mich und bewegte meinen Arm hin und her, wobei ich den Schmerz beschreiben sollte. Das aber gelang mir nicht, nur das taube Gefühl konnte ich erklären. Daraufhin schickte er mich sicherheitshalber zum Röntgen, um sich die Ursache genauer ansehen zu können. Weil sich das Röntgeninstitut nur zwei Straßen weiter in einem kleinen katholischen Krankenhaus befand, machte ich mich sogleich auf den Weg dorthin. Am Eingang befand sich eine Anmeldestelle, in der eine Schwester saß. Sie fragte, wohin ich wolle, worauf ich ihr den Überweisungsschein zeigte. Sie lächelte und sagte, ich möge doch bitte in den ersten Stock gehen, dort würde man mich aufrufen. Nach kurzer Zeit erschien eine Nonne, die mich ins Sprechzimmer führte und um ein wenig Geduld bat. Der Herr Doktor werde gleich erscheinen.

Nach der Begrüßung fragte mich der Röntgenarzt nach meinen Beschwerden und was passiert sei. Ich erzählte von dem missglückten Handstand. Und wieder sollte ich den Schmerz beschreiben und wieder gelang es mir nicht. Ich fühlte mich hilflos, weil ich nicht die Worte fand, um ihm zu erklären, was mir so zu schaffen machte.

So wurden Oberarm und Schulter in zwei Ebenen geröntgt und man teilte mir mit, dass ich die Aufnahmen in drei Tagen abholen könne. Einige Zeit später saß ich mit den Röntgenplatten wieder bei meinem Orthopäden. Er schaute sich die Bilder an, konnte jedoch nichts Gravierendes finden, denn das Gelenk saß gut in der Gelenkpfanne. Er teilte mir daher mit, dass er im Moment nichts für mich tun könne; mein Hausarzt möge die Behandlung weiterführen. Damit war ich erst einmal entlassen. Welche Wege, wie viele Arztbesuche und Wartezeit musste ich in der Folge in Kauf nehmen, und trotzdem wurde nie etwas gefunden!

Es vergingen Monate ohne nennenswerte Beschwerden, bis sich der Arm erneut in äußerst schmerzhafter Weise meldete. Da meine Eltern Österreich liebten, verbrachten wir fast jedes Jahr dort unseren Urlaub. Gleich am ersten Tag der Sommerferien reisten wir nach Tirol zu unserer netten Gastfamilie. Außer uns verbrachten auch andere Stammgäste Jahr für Jahr dort die Ferien, was jedes Mal zu einem großen Hallo führte. Unsere Gastfamilie hatte vier Töchter, mit einer von ihnen war ich befreundet. Sie hieß Therese, aber alle nannten sie nur Resi. Resi war zwei Jahre jünger als ich und hatte blondes, zu Zöpfen geflochtenes Haar. Wir beide waren unzertrennlich und weil ich dunkles Haar hatte, nannten uns alle scherzhaft Schneeweißchen und Rosenrot.

Wir beide hatten zwei gemeinsame Leidenschaften: Tennis und Federball – darin waren wir gut. Doch eines Nachmittags passierte es: Wir spielten Federball, der kleine Ball kam zu hoch, ich wollte ihn zurückspielen und streckte den Arm dabei zu weit nach hinten aus und da geschah es: Mein Arm kugelte wieder fast aus und ich schrie vor Schmerz laut auf. Meine Freundin erschrak so sehr, dass sie den Schläger fallen ließ und davonrannte. Doch abermals schaffte ich es, dass der Arm sich wieder einrenkte. Es war das erste Mal, dass meine Eltern hierbei Zeugen wurden. Mein Vater kam sofort zu mir und sagte, dass ich im Gesicht weiß wie eine Wand sei.

Für den Rest des Urlaubs schonte ich den Arm, so gut es eben ging. Wir unternahmen zwar viele

Bootstouren auf den malerischen Seen und wanderten durch die wunderschöne Berglandschaft, aber mein Arm bereitete mir im Stillen Kummer und Sorgen. Ich wollte diesen furchtbaren Schmerz doch nicht noch einmal erleben! Da meine Eltern diesen Vorfall selbst miterlebt hatten, ließen sie die Sache nicht auf sich beruhen und bestanden darauf, dass ich sofort nach unserer Rückkehr meinen Hausarzt aufsuchte.

So ging ich dann auch gleich am ersten Tag nach unserer Rückkehr wieder zu Dr. Frese. Ich war froh, ihn zu sehen, denn er strahlte diese Ruhe und Besonnenheit aus, die ich so sehr an ihm mochte. Ich erzählte von meinen Ferien und was beim Federballspiel passiert war. Auch er war nun mit seinem Latein am Ende. Er überlegte hin und her und gab mir schließlich eine Überweisung zu einem gewissen Prof. Hausmann mit. Dieser war in der orthopädischen Abteilung eines Krankenhauses tätig und hielt freitags speziell für Kinder eine ambulante Sprechstunde ab. Da die Schule wieder angefangen hatte, schrieb mir Dr. Frese auch gleich für diesen Tag eine Entschuldigung.

So machte ich mich dann am folgenden Freitag mit meiner Mama auf den Weg. Wir fuhren mit dem Bus, denn das Krankenhaus lag weit entfernt in

Britz, einem anderen Ortsteil von Berlin-Neukölln. Ich war froh, einen Fensterplatz ergattert zu haben, denn in dieser großen Stadt gab es immer allerhand zu sehen. Durch diese Ablenkung entspannte ich etwas und hatte nicht mehr so große Angst vor der bevorstehenden Untersuchung. Zum Glück befand sich die Haltestelle genau vor dem Krankenhaus und wir brauchten nicht lange zu suchen.

Es war ein hübscher roter Klinkerbau aus dem 19. Jahrhundert. Das Hauptportal hatte auf dem Dach einen kleinen Turm, wodurch das Gebäude auf mich wie eine Kapelle wirkte. Dahinter schloss sich ein Park an, in dem sich mehrere kleinere Häuser im gleichen Baustil befanden. Ein hoher Zaun umschloss das Grundstück, an dessen Eingang ein Pförtnerhäuschen stand. Ich weiß es noch wie damals, dass ich den Pförtner mit den Worten „Entschuldigen Sie bitte, wo geht es hier zur Orthopädie?" nach dem Weg fragte. Dieser Satz ist auch der Titel dieses Buches, denn ich finde, dass er vortrefflich passt, weil er für mich alles widerspiegelt und aussagt, was noch auf mich zukommen sollte. Der Pförtner zeigte mit dem Finger auf das Hauptportal und sagte mir, ich solle mich dort im ersten Stock im Sekretariat melden.

Durch den Eingang gelangten wir in eine Halle, von der aus eine Steintreppe nach oben führte. Dort angekommen, gingen wir an einer Tür mit milchigen Glasscheiben vorbei, durch die man nicht hindurchsehen konnte. Darüber stand in Leuchtschrift „Große Wache", was den für mich ohnehin schon beklemmenden Eindruck noch verstärkte. Am Ende des Flures fanden wir schließlich die Anmeldung und das Sekretariat. Dort gab ich meine Überweisung ab und man forderte mich auf, im Wartebereich auf dem Flur Platz zu nehmen. Die meisten der Stühle dort waren bereits besetzt. Ich zitterte vor Aufregung und Angst und war froh, meine Mama bei mir zu haben. Nach einer Weile hörte ich, wie jemand die Treppe herauf kam. Es war ein Arzt, wieder von großer Statur und in meinen Augen schon alt. Er kam mit schweren Schritten den Flur entlang und trug Op-Kleidung. Die Operationsmaske hing ihm halb im Gesicht, sein Kopf war gesenkt, das Haar zerzaust und er sah müde und abgespannt aus. Er schritt an uns vorbei, ohne den Blick zu heben, und verschwand in einem Zimmer. Dieses Bild ist mir bis heute nicht aus dem Sinn gegangen. Heute weiß ich, dass der Arzt zu diesem Zeitpunkt erst 45 Jahre alt war.

Meine Mama sagte leise zu mir, dass dies wahrscheinlich Prof. Hausmann sei. Oh, was klopfte mein Herz vor lauter Aufregung! Am liebsten wäre ich wieder gegangen. Ein wenig später kamen weitere Ärzte nach oben und gingen ins Sekretariat. In der Zwischenzeit wurden schon die ersten zwei Patienten aufgerufen und in ihre jeweiligen Behandlungsräume geschickt.

Prof. Hausmann hatte sich mittlerweile umgezogen. Er trug jetzt eine weiße Hose und einen langen weißen Kittel, als er aus seinem Zimmer kam. Zusammen mit ihm erschienen die Ärzte, die zuvor im Sekretariat verschwunden waren. Der Professor schritt, dicht gefolgt von der Ärzteschar, den Flur herunter. Wie eine Wolke in Weiß wirkte das alles auf mich, unnahbar und einschüchternd. Nach geraumer Zeit wurde mein Name aufgerufen und man zeigte uns das Behandlungszimmer, in dem wir warten sollten. Dieser Raum wirkte auf mich wie ein kleiner Saal und sah ein wenig aus wie eine Turnhalle. An den Wänden waren Sprossenleitern angebracht, in einer Ecke lagen Matten und auf einem Regal Medizinbälle. Meine Mama meinte, in diesem Raum finde bestimmt Krankengymnastik für die Patienten statt.

Mir war das aber alles völlig egal – ich hatte solches Herzklopfen und schaute nur zur Tür, ob sich die Klinke schon bewegte. Und dann kam Prof. Hausmann mit den anderen Ärzten herein und wieder sah es für mich so aus, als wenn der Arzt von einer weißen Wolke umhüllt wäre. Zuerst begrüßte er meine Mama und dann wandte er sich zu mir. Er fragte, was mich zu ihm führte, und ich erzählte ihm leise und schüchtern vom Handstand und Federballsport im Urlaub. Ich versuchte ihm zu erklären welche Beschwerden ich hatte: dass der Arm bei Bewegungen schmerzte und von dem dumpfen Ziehen im Oberarm. Aber es gelang mir auch dieses Mal nicht, die richtigen Worte zu finden.

Dr. Frese hatte mir einen Brief und die Röntgenbilder mitgegeben, die sich Prof. Hausmann sogleich anschaute. Er konnte jedoch nichts feststellen, alles war unauffällig. Da er sich trotzdem meinen Arm anschauen wollte, bat er mich, den Oberkörper frei zu machen. Mit der einen Hand drückte er auf meine Schulter und mit der anderen bewegte er vorsichtig meinen Arm. Aber auch hierbei konnte er nichts Gravierendes feststellen. So sagte er mir, ich solle ein wenig warten; ein Bericht werde an Dr. Frese gehen. Damit war ich schon wieder entlassen.

Kurz darauf wurde ich erneut bei Dr. Frese vorstellig, um mit ihm das Ergebnis der Untersuchung zu besprechen, von der er doch eine aussagekräftige Diagnose erhofft hatte. Beide waren wir nun genauso schlau wie vorher. Es folgten weitere Behandlungen mit Salben und hin und wieder wurde der Arm mit einer Schiene ruhig gestellt. Die Anzahl der Arztbesuche aufzuzählen würde hier unnötig Seiten füllen. Schule und Freizeit – alles ging seinen Gang und ja, wenn man an meinem Arm nichts fand, dann musste er doch in Ordnung sein. So verging die Zeit und ich vermied alle unnötigen Verrenkungen oder Bewegungen.

Eines schönen Tages in der großen Pause fand auf dem Schulhof eine Prügelei statt. Ich stand dabei so ungünstig, dass ein Schüler mir unabsichtlich auf meinen kranken Arm boxte. Dieser Hieb tat so weh, dass mir die Tränen kamen. Der Junge entschuldigte sich sogleich bei mir, aber am nächsten Tag hatte ich einen Bluterguss an dieser Stelle, die noch immer furchtbar schmerzte. Abermals suchte ich Dr. Frese auf. Das Wartezimmer war an diesem Nachmittag völlig überfüllt und ich war voller Ungeduld, denn das ständige Warten schlug mir sehr auf das Gemüt. Tina, die mich wieder begleitete, hielt derweil unten auf der Straße die Stellung und drückte mir von dort aus die Daumen. Endlich war ich an der Reihe. Dr. Frese erwartete mich bereits, der arme Mann hatte sich an meine Besuche schon sehr gewöhnt. „Ach Kind", sagte er seufzend zu mir, „ich schicke dich jetzt nochmals zur ambulanten Untersuchung ins Krankenhaus, es muss doch mal etwas geschehen!". Meine Begeisterung darüber, dass ich wieder einmal ins Krankenhaus gehen sollte, hielt sich in Grenzen. Aber Dr. Frese bestand ja darauf und so nahm ich missmutig die Überweisung entgegen. Tina tröstete mich, als ich aus der Praxis trat, und ich war froh, in ihr so eine tolle Freundin zu haben.

Mit neuer Überweisung und neuem Bericht fuhr ich wieder ins Krankenhaus, aber dieses Mal allein, denn ich wollte nicht mehr, dass man mich hierbei begleitete. Meine Eltern fanden das prima und ich war ja auch alt genug, um allein dort hinzufahren. Und wieder begann das zermürbende Warten, bis ich endlich aufgerufen wurde. Ach, was wollte ich Prof. Hausmann alles sagen! In diesem Moment war mein Mut so groß und ich legte mir schon die Worte zurecht. Dann stand ich vor ihm und vorbei war es mit meinem kleinen Selbstbewusstsein. Völlig verschüchtert erzählte ich ihm, dass ein Schüler mich unabsichtlich geboxt habe, zeigte ihm den Bluterguss und erklärte, dass mir der Arm schmerze. Er lächelte mich an mit den Worten: „So so, der böse Junge hat das kleine Mädchen gehauen!" Erneut untersuchte er meinen Arm und besprach sich dann mit seinem Oberarzt – das war einer von den vielen Ärzten, die ihn immer bei seinen Visiten begleiteten -, welche Behandlung er bei mir durchführen wolle. Dann drehte er sich zu mir herum und streichelte sanft über meinem Oberarm. „So mein Kind, wir werden Dir jetzt erst einmal den Arm ruhigstellen, damit Du ihn nicht bewegen kannst, und dann sehen wir weiter. Denn mehr kann ich im Moment nicht tun, aber wenn wir Glück haben, hilft es Dir ja."

Ich sollte draußen Platz nehmen und man werde mich gleich abholen, teilte er mir noch mit. Es dauerte jedoch noch eine kleine Weile, bis ein Arzt kam und mich aufforderte, ihm zu folgen. Er war relativ jung und nett und sah sympathisch aus – spontan nannte ich ihn heimlich „Dr. Bubi". Er führte mich hinunter in den Keller, wo ich vor einem Raum warten sollte. Man werde mich gleich aufrufen. Dr. Bubi verschwand und es dauerte nicht lange, bis ein Mann aus dem Raum kam und mich hereinbat. „Hallo!" sagte er, „du bist bestimmt die Petra?" Dabei lächelte er mich an und erklärte mir, dass dies der Gipsraum sei. Es sah darin aus wie in einer Küche oder einem Waschhaus. Die Wände waren weiß gekachelt und ein undefinierbarer chemischer Geruch lag in der Luft. Der Mann bat darum, mich bis auf meinen Slip zu entkleiden, dann sollte ich mich in die Mitte des Raumes stellen.

Oh nein, was passierte jetzt mit mir? So hatte ich es mir nicht vorgestellt. Ich schämte mich ein wenig, fast nackt vor ihm zu stehen, und etwas Babyspeck war ja auch noch vorhanden. „So, nimm bitte mal diesen Besen hier in die rechte Hand, halte ihn etwas von dir weg und stütze dich ruhig darauf ab!" Er korrigierte ein wenig die Stellung, bis er zufrieden war, und wies mich an, so stehen zu bleiben und mich nicht mehr zu bewegen. Anfangs fand ich das lustig und stellte mir meine Freundinnen vor, wie sie kichern würden, wenn sie mich hier so sähen. Er fing an, meinen ganzen Oberkörper mit einer Art Gaze zu umwickeln. „Pass auf", meinte er lächelnd, „jetzt wird es etwas feucht." Er holte weiße, nasse Binden aus einer Art Trog und fing an, sie um meinen Oberkörper bis hinunter zur Hüfte zu wickeln. Dann kam der gesamte rechte Arm bis hoch zur Schulter dran und erhielt zusätzlich mehrere Lagen dieser Bandagen. Das weiße Zeug, mit dem sie getränkt waren, spritzte mir bis in die Haare und das Gesicht. „Siehst du", sagte er zu mir, „es wird schon hart, das ist der Gips. Wenn es drückt und dir eine Stelle unangenehm ist, dann sag es mir sofort, ich kann es noch auspolstern."

Ich glaubte einfach nicht, was da mit mir geschah. Dieser Gipspanzer, wie ich das Ungetüm nannte, war so schwer, dass es nicht leicht für mich war, die Balance zu halten. Nein, so hatte ich mir das nun wirklich nicht vorgestellt! Ich war davon ausgegangen, dass ich nur eine Gipsschiene erhalten würde und keinen solchen Panzer. Durch den prächtigen Buckel auf meinem Rücken befürchtete ich, nun auszusehen wie Quasimodo, der Glöckner von Notre Dame. Nach überstandener Prozedur und einer angemessenen Trockenzeit, die ich noch aushalten musste, half der Mann mir, die Hose wieder anzuziehen. Dummerweise war nun aber das Oberteil zu eng und ich bat ihn, zu Hause anrufen zu dürfen, damit meine Mama mich abholen und mir einen anderen Pullover mitbringen könne.

Gott sei Dank war sie zu Hause und ich bat sie, sofort mit einem Taxi samt Pullover zum Krankenhaus zu kommen. Sie stellte mir Fragen, warum und wieso mit einem Taxi, aber ich war in diesen Moment so unglücklich und auch so genervt, dass ich sie anflehte, einfach nur zu herzukommen, sie werde dann schon sehen! Derart verunstaltet machte ich mich derweil langsam auf den Weg zum Hauptportal, wo Mama nach kurzer Zeit auch eintraf. Ich muss einen unglaublichen Anblick geboten haben, denn als ich ihr gegenübertrat, schaute sie mich mit großen Augen an und zog hörbar die Luft ein. Nachdem sie den ersten Schreck überwunden hatte, half sie mir mit Mühe in den größeren Pulli. Oh, wie sah ich aus, im Gesicht und in den Haaren reichlich Gipsspuren! Der Taxifahrer sah mich mindestens ebenso entsetzt an wie meine Mama, während ich mich abmühte, in das Auto zu steigen. Er hatte wohl Angst, ich würde die Polster seines Wagens ruinieren. Aber es ging alles gut und das Taxi nahm glücklicherweise keinen Schaden.

Drei entsetzlich lange Wochen war ich dazu verdammt, das Ungetüm zu tragen, und ich hatte viele Fragen: Wie sollte es mit der Schule weiter gehen? Wie sollte ich mit der linken Hand schreiben? Wie nachts, eingesperrt in diesen Panzer, schlafen? Dr. Frese kam an diesem Tag zu uns nach Hause, denn seine Praxis lag nur ein paar Häuser von uns entfernt. Er befreite mich zunächst einmal vom Schulunterricht – denn die Freundinnen seien doch bestimmt so lieb, mir die Hausaufgaben nach Hause zu bringen, damit ich wenigstens mündlich den Anschluss nicht verpasste. Ich dachte mit Grausen daran, in dieses Gipsmonster drei lange Wochen eingesperrt zu sein. Beim Sitzen drückte das Ding und an Schlaf war in der ersten Nacht überhaupt nicht zu denken. Es kam mir so vor, als läge ich in einer Tonne und rollte immer hin und her.

Meine Freundinnen besuchten mich abwechselnd jeden Nachmittag, um mir die Langeweile zu vertreiben. Sie erzählten mir die neuesten Klatschgeschichten, vom Unterricht und wer mit wem ging. Ich wollte aber unbedingt wieder zur Schule, und rief meinen armen Dr. Frese jeden Tag an und bat um einen Hausbesuch. Weil ich es nicht aushielt, kam er sogar eines nachts von der Insel Schwanenwerder, auf der er wohnte, zu mir. Diese Insel, einer der schönsten Flecken Berlins, liegt ganz im Westen der Stadt am Wannsee. Dr. Freese hatte einen langen Weg zu fahren.

Ich war sehr unleidlich geworden und jammerte ihm die Ohren voll, weil es hier und dort drückte. Ich sah darin keinen Sinn und bat ihn, den Panzer aufzuschneiden. Aber diese Bitte lehnte er strikt ab, sonst wäre ja alles umsonst gewesen und ich müsse doch ein wenig mehr Einsehen haben. Außerdem sollte ich doch diese „Extraferien" genießen. Ich fragte mich wirklich, was es dabei zu genießen gab! Seine Geduld war unendlich und er wurde nie böse, wenn ich mal wieder schlechter Stimmung war. Aber schon nach einer Woche war ich felsenfest davon überzeugt, dass jetzt endgültig Schluss sein müsse.

Ich flehte meine Eltern an, sofort mit mir ins Krankenhaus zu fahren, um mich von diesem Monstrum zu befreien. Da es schon Abend war und mein Papa von meinem Gejammere bereits Kopfschmerzen bekam, rief er als Allererstes im Krankenhaus an und fragte, ob überhaupt ein Arzt gerade auf der orthopädischen Station Dienst habe und ob er ihn sprechen könne. Glücklicherweise wurde er auch gleich mit dem diensthabenden Arzt verbunden. Und ich hatte so ein Glück! Mein Papa fuhr mich ins Krankenhaus und wer hatte an diesem Abend Dienst? Es war Dr. Bubi, der nette Arzt, der mir doch so sympathisch war. Ich bettelte ihn an, mir den Panzer abzunehmen. Aber so leicht war es nicht, wie ich es mir vorgestellt hatte. Was der Professor als Behandlung angeordnet habe, das dürfe man nicht abbrechen. Dr. Bubi erklärte auch den Sinn dieser Maßnahme, aber ich ließ nicht locker. Er versuchte, mit mir vernünftig zu reden und mir zu erklären, warum der Gipspanzer so wichtig war und dass ich doch bitte durchhalten solle und jetzt tapfer sein müsse.

Oh nein, da hatte er sich aber gründlich in mir getäuscht. Ich wurde bockig, ließ ihn zwar seine Meinung sagen, hörte aber kaum mehr zu und schaltete auf stur. Dr. Bubi gab auf und sagte zu meinem Papa, es sei leichter, mit einer Wand zu reden als mit mir. Letztendlich setzte ich mich durch und der Panzer wurde entfernt. Juchhu! Freiheit! Der Alltag hatte mich wieder. Ich durfte wieder zur Schule gehen, mich mit meinen Freundinnen verabreden und die Osterferien begannen ja auch schon bald. Ich war zu dieser Zeit fast 15 Jahre alt. In diesem Alter will man sich frei bewegen und Spaß haben. Was aber, wenn dieser Schmerz durch eine erneute Auskugelung wiederkehrt, fragte ich mich ständig. Dann muss der Arzt wieder Wunder vollbringen. Aber so weit dachte ich damals nicht!

In den Osterferien besuchte ich meine Tante und meinen Onkel, die in der Nähe von Stuttgart wohnten. Es sollte mein erster Flug sein und dann auch noch allein! Ich freute mich auf die Tage, denn wir wollten einiges unternehmen. Ich hatte eine wundervolle Zeit. Eines Morgens wachte ich auf, denn meine Tante klapperte schon mit dem

Frühstücksgeschirr. Ich reckte und streckte mich im Bett und da passierte es wieder! Es war nur eine einzige Bewegung, doch ich hatte den Arm zu weit nach hinten gestreckt und wieder hatte ich ihn halb ausgekugelt. Ich schrie fürchterlich, meine Tante stürmte ins Zimmer und riss vor lauter Schreck das Fenster auf. Sie konnte mit dieser Situation nicht umgehen und das war ihr erster Impuls. Ich saß in meinem Bett und drückte instinktiv den Arm an mich und plötzlich rutschte er wieder in die richtige Position! Eine ganze Weile saß ich so da, den Arm fest an mich gepresst. Ich hatte solche Angst, denn es war wieder passiert und ich fühlte mich sehr hilflos.

Vorsichtig stand ich auf und zog mich an, dabei immer darauf bedacht, Bewegungen zu vermeiden, die mir nicht guttaten. Nach dem Frühstück gab mir meine Tante die Adresse des ortsansässigen Orthopäden. So ein Mist, dachte ich im Stillen, nun habe ich Ferien und sitze wieder in einem Wartezimmer. Es war ein sehr netter Arzt, der mich empfing, aber wir wussten beide, dass er nicht viel tun konnte. So schrieb er nur einen kurzen Bericht, dass ich bei ihm gewesen sei. Außerdem verschrieb er mir eine schmerzlindernde Salbe und wünschte mir alles Gute. Meine Tante hatte sich an diesem Morgen sehr erschreckt und behandelte mich daher nun wie ein rohes Ei. Sie achtete streng darauf, dass ich den Arm ja nicht bewege.

Als ich nach den Ferien wieder zu Hause war, führte mich mein erster Weg zu Dr. Frese. Er schüttelte nur noch verständnislos den Kopf. Er wusste einfach nicht mehr weiter und beschloss, mich abermals an Prof. Hausmann zu überweisen. "Das ist aber eine vermaledeite Kiste", sagte Dr. Frese, als er mir die Überweisung gab. Ach, ich war es so leid, dass wieder eine Untersuchung anstand, und hoffte nur, dass der Arzt nicht mit mir schimpfen werde, weil ich den Gipspanzer entgegen seinem ausdrücklichen Rat entfernen lassen würde.

So fuhr ich dann an diesem sonnigen Freitag zur Kinderambulanz des mir nun schon sehr bekannten Krankenhauses. Ein weiteres Mal stand ich vor Prof. Hausmann, erzählte ihm von meinem Arm und dass ich immer solche Angst hätte, eine falsche Bewegung zu machen. Und ich hatte Glück: Den Gipspanzer und meine unvernünftigerweise abgebrochene Behandlung erwähnte er mit keinem Wort. Stattdessen hörte er aufmerksam zu und sagte dann, er halte es für notwendig mich zu operieren, denn nur so könne er feststellen, was mir fehlte. Ich möge mich doch bitte ins Sekretariat begeben, wo ich einen Termin bekäme und man mir gleich sagen würde, was ich alles mitbringen solle.

Völlig aufgewühlt verlies ich das Krankenhaus. In meinem Kopf kreisten die Gedanken um die Operation. Entsprechend schlecht gelaunt kam ich nach Hause und berichtete sofort, was der Arzt mit mir vorhatte. Meine Eltern machten sich zwar Sorgen, denn eine Operation hört sich immer gefährlich an, aber sie sahen die Notwendigkeit ein, denn ich quälte mich ja schon so lange mit diesen Beschwerden herum. Ich informierte sogleich Dr. Frese, der mir einen Einweisungsschein ausstellte. Er war froh und erleichtert, dass man endlich etwas unternehmen würde, wünschte mir Glück und bat darum, dass meine Mama ihn sofort benach-richtigen solle, wenn ich alles gut überstanden hätte. In der Schule wurden alle Freundinnen informiert, dass ich ins Krankenhaus müsse, und sie versprachen mir, mich dort zu besuchen.

Zehn Tage später war es so weit. Meine Mama begleitete mich ins Krankenhaus. Ich sollte mich in der Aufnahme melden, von dort würde man mir den Weg zur Station zeigen. Damals war es üblich, dass zweimal die Woche jeweils am Mittwoch und am Sonntag in der Zeit von 14 Uhr bis 16 Uhr, Besuchszeit war. Aber meine Mama durfte mich begleiten und so fühlte ich mich nicht so allein. Da es ein altes Gebäude war, waren die Krankenzimmer mit jeweils sechs Betten belegt. Außerdem gab es ein Durchgangszimmer mit vier Betten und dahinter lag ein weiteres Sechsbettzimmer. Ich kann mich daran so genau erinnern, weil in diesem Durchgangszimmer ein Bett für mich frei war.

Zu meiner Erleichterung sah ich, dass im hinteren Zimmer bereits ein Mädchen in meinem Alter lag, mit der ich in der Schule den gleichen Kurs besuchte. Sie befand sich schon etwas länger im Krankenhaus, denn ihr linkes Bein war zu kurz und musste gestreckt werden. Dazu hatte man es in einem Metallgerüst verschraubt. Sie tat mir so leid, denn sie klagte über Schmerzen und dass es besonders schlimm sei, wenn sie in den Operationssaal musste, um die Schrauben nachziehen zu lassen. Ich blieb ein wenig an ihrem Bett sitzen und wir sprachen über die Schule und andere Dinge. Im Laufe des Tages wurde mir Blut abgenommen, am Abend bekam ich einen Einlauf, der mich für eine ganze Weile an die Toilette fesselte. Eine Schwester gab mir für die Nacht einen Schlummertrunk, damit ich entspannt schlafen könne. Am nächsten Morgen um halb sechs war die Nachtruhe vorbei. Die Schwester schickte mich schon mal ins Bad, wo

ich mich waschen konnte, denn der Operationstermin war zu 8 Uhr angesetzt.

Von meiner Mama hatte ich für das Krankenhaus
einen neuen Frotteebademantel geschenkt bekommen. Er war weiß und mit bunten Kullerchen
drauf - stolz zog ich ihn an. Ich machte mich mit
dem Waschbeutel bewaffnet auf den Weg ins Bad,
das sich separat draußen auf dem Flur befand.
Wenn ich mich als damals 15-jähriges Mädchen
beschreiben sollte, würde ich mich als introvertiert
und schüchtern bezeichnen. Beim Gang zum Bad
kam es zu einer Begegnung, die ich bis heute nicht
vergessen habe. Ich ging stolz in meinem neuen
Bademantel den Flur entlang, als ich an einer Tür
vorbei kam, über der wieder in Neonleuchtschrift
„Große Wache" stand.

In diesem Augenblick öffnete sich die Tür und eine
ältere Krankenschwester kam heraus, die in den
Armen einen großen Berg Wäsche hielt. Sie trug
einen weißen Kittel und ein Schwesternhäubchen
auf den kastanienfarbenen Locken, die sich vor-
witzig um das Häubchen kringelten. Sie sah
wirklich freundlich aus! Ich ging an ihr vorbei,
schaute sie an, sah wieder weg und ging weiter. Da
hörte ich plötzlich eine energische Stimme hinter
mir herrufen: „Hör mal, hier bei uns im Britzer

Krankenhaus sagt man Guten Morgen!" Ich drehte mich vor lauter Schreck nicht mehr um und huschte schnell ins Bad – es war mir unangenehm, dass ich nicht gegrüßt hatte. Als ich im Bad fertig war, öffnete ich vorsichtig die Tür, um zu schauen, ob diese Krankenschwester noch zu sehen war. Glücklicherweise unbehelligt schlich ich mich schnell ins Bett und wartete darauf, abgeholt zu werden. Durch das Beruhigungsmittel am Abend zuvor war ich entspannt und schlummerte noch ein wenig vor mich hin, bis man mich kurz vor 8 Uhr abholte.

Man fuhr mich durch einen langen Gang, an dessen Ende sich eine große Flügeltür befand, über der „Operationsbereich – Kein Zutritt für Unbefugte" stand. Mein Bett wurde in einen Vorraum geschoben, in dem bereits ein Narkosearzt auf mich wartete. Dieser Raum war grün gekachelt und strahlte eine ziemliche Kälte aus. Aus einem angrenzenden Zimmer hörte man lautes Geklapper und es hörte sich an, als ob irgendwo ein Ventilator liefe. Ich zog mir meine Decke bis zur Nasenspitze hoch, denn ich hatte auf einmal doch furchtbare Angst bekommen. Der Arzt erklärte mir nun, was er jetzt tun würde; ich bräuchte keine Angst zu haben. Damals wurde die Narkose mit Äther eingeleitet und ich bekam daher eine Äthermaske aufgesetzt. Ich kann mich noch sehr gut an den Geruch und das prickelnde taube Gefühl erinnern, was mich umgab. Ich sollte bis zehn zählen, aber so weit kam ich gar nicht, sondern schlief sofort ein.

Ich hatte einen wunderschönen, aber auch sehr unwirklichen Traum: Ich schwebte oben an der Decke und machte lauter Purzelbäume. Unter mir sah ich einen Tisch, über den sich einige Menschen in grünen Kitteln beugten, andere liefen hastig hin und her. Ich fühlte mich leicht, glücklich und unbeschwert - dieser Traum sollte nie aufhören! Ich träumte weiter, nun von meiner Oma, die in ihrer Küche saß und mir kalte Getränke gab. Da wurde ich auf einmal wach, weil mir jemand liebevoll die Stirn abwischte und Tee anbot. Ich wollte aber doch keinen Tee, ich wollte das kalte Getränk von meiner Oma! Ich schlief sofort wieder ein, dann wurde ich abermals wach, weil wieder jemand an meinem Bett stand und mir erneut Tee anbot. Diesmal nahm ich ein paar Schluck davon und schlief sofort wieder ein.

Als ich am nächsten Morgen aufwachte, sah ich mich neugierig um. Mein Oberarm war dick umwickelt und im rechten Handrücken hatte ich eine Nadel, an die ein Tropf angeschlossen war. Plötzlich kam eine Schwester mit einer Waschschüssel im Arm zu mir ans Bett und lächelte mich liebevoll an. Ich erkannte sie wieder – es war die gleiche Schwester, die mich am Morgen zuvor ermahnt hatte, weil ich nicht gegrüßt hatte. Oje, war mir das unangenehm! Aber sie sprach lieb zu mir und half mir beim Waschen. Sie gab mir auch ein frisches Nachthemd, weil meines völlig durchgeschwitzt war. Ich musste hohes Fieber in der Nacht gehabt haben, denn sie war froh, dass es mir schon wieder so gut ging. Sie teilte mir mit, dass noch vor dem Frühstück Prof. Hausmann zur Visite kommen würde, und ich solle schön im Bett liegen bleiben und noch nicht alleine aufstehen. Da sie Nachtschicht gehabt habe, würde sie zwar nun nach Hause gehen, aber wir würden uns bestimmt noch öfter sehen. Sie wünschte mir weiterhin gute Besserung und wollte das Zimmer verlassen. Schnell entschuldigte ich mich noch bei ihr, weil ich so unhöflich gewesen war und sagte, dass es mir leidtut. Daraufhin lachte sie nur und sagte mir, dass sie deswegen überhaupt nicht böse mit mir sei.

Es dauerte gar nicht lang, da kam auch schon Prof. Hausmann zu mir ans Bett. Er sah mich ernst an und sagte nur: "Kind, was hast du gestern nur angestellt?". Ich wusste nicht, was ich darauf erwidern sollte, denn ich war mir keiner Schuld bewusst. Als ich ihn fragte, was ich denn so

Schlimmes getan hätte, denn ich sei doch operiert worden, gab er mir keine Antwort. Stattdessen sprach er mit mir über die Operation und dass er Verwachsungen sowie einige Vernarbungen gefunden habe, er sich aber nicht erklären könne, woher sie kamen. Ich dürfe nach dem Frühstück wieder zurück auf die Station. Damit wünschte er mir gute Besserung und verließ mich auch schon wieder. Drei Wochen musste ich dann doch noch im Krankenhaus bleiben, denn ich hatte leichtes Fieber bekommen. Nach einigen anschließenden Ruhe-tagen zu Hause, konnte ich endlich wieder zur Schule gehen. Das würde noch spannend werden, denn ich musste ja den gesamten versäumten Lernstoff nachholen.

Ein paar Monate später stand eine Klassenfahrt an und wir fuhren ins Sauerland. Es war eine Abschlussreise, denn im folgenden Jahr war die Schulzeit bereits vorbei. Es waren drei tolle Wochen, ich genoss es, mit den Schulkameraden gemeinsam etwas zu unternehmen, bevor wir uns in alle Winde verstreuen würden. Mit meinem Arm klappte es so einigermaßen, die Narbe war noch ein wenig entzündet, aber ich hatte Gott sei Dank in dieser Zeit Ruhe. Nur dieses dumpfe Ziehen blieb. Immer wieder verschrieb mir Dr. Frese daher

Krankengymnastik. Ich passte auf meinen Arm auf und so war alles zu ertragen.

Es kam der letzte Schultag und wir empfingen unsere Abschlusszeugnisse. Da ich vieles versäumt hatte, fiel es etwas schlechter aus -und mein Wunsch war es doch, Krankenschwester zu werden! Dafür jedoch reichten meine Zensuren nicht aus. Daher schlug man mir vor, erst einmal die einjährige Ausbildung zur Krankenschwester-helferin zu absolvieren. Ich willigte ein, denn ich war ja auf dem richtigen Weg und wenn das Jahr geschafft war, könnte ich etwas später mit der dreijährigen Lehre beginnen. So zumindest stellte ich es mir vor.

Ach, was freute ich mich auf diesen ersten Tag, an dem meine Ausbildung beginnen sollte! Ich hatte nur zehn Minuten Fußweg bis zu dem Kranken-haus vor mir, in dem ich nun lernen sollte. Wir waren 20 Auszubildende und zu meiner großen Freude entdeckte ich ein Mädchen, dass ich schon aus der ersten Unterrichtsstunde in der Berufs-schule kannte. Ich fühlte mich sehr erwachsen, und wir wollten zusammensitzen und ich malte mir das alles in den wunderschönsten Farben aus. Nach sechs Wochen Theorie wurden wir Schülerinnen und Schüler auf verschiedene Stationen des

Krankenhauses verteilt. Jedes Vierteljahr sollten wir in eine andere Fachabteilung kommen, sodass wir alles einmal kennen lernen konnten. Meine Kollegin Gabi und ich kamen erst einmal auf die Geriatrie, sie auf Station 9 und ich auf die 6.

Die Abteilungen lagen in einem alten Gebäude, das neue Gebäude hatte man erst kurz zuvor fertiggestellt. Wie genau ich diese bald noch kennenlernen sollte, wusste ich damals glücklicherweise noch nicht.

Das alte Gebäude war einstöckig und in rotem Klinkerstil gehalten. Im Erdgeschoss lagen die Patienten, die aktiv und beweglich waren. Im Obergeschoss lagen die, die gefüttert werden mussten und besondere spezielle Hilfe benötigten. Im Erdgeschoss hatte eine Oberschwester „das Sagen", im ersten Stock hatte es ein Oberpfleger. Ich war etwa sechs Wochen auf der Station tätig, als mich eines Vormittags der Oberpfleger zu sich rief. Er machte mich auf einige Dinge aufmerksam, die ich besser machen könnte. Ich hatte, als ich die Lehre begann, nichts von meinem Arm erzählt, weil ich hoffte, nach der Operation sei alles besser als vorher. Ich merkte aber bei der praktischen Arbeit, dass etliche Handgriffe und das Heben der Patienten mir große Probleme bereiteten. Ich hörte dem Oberpfleger zu und gab mir künftig besonders große Mühe, denn ich wollte ja später eine gute Beurteilung bekommen.

Ich weiß noch genau, dass es um die Mittagszeit war. Die Essenausgabe stand kurz bevor und die Speisewagen befanden sich noch nicht auf der Station. Der Oberpfleger teilte uns mit, dass er in den Keller müsse, um das soeben angelieferte Verbandsmaterial auszupacken und einzulagern. Spontan bot ich ihm meine Hilfe an, denn ich wollte ihm zeigen, dass ich fleißig war. So fuhr ich mit ihm hinunter in den Keller. Ich war das erste Mal dort unten. Da es ein alter Bau war, erinnerte es mich an die Katakomben, die ich einmal in einem Film gesehen hatte: gewölbte Decken und überall kleine Nischen – es sah einfach unheimlich aus. Neben den Fahrstühlen befand sich ein Lagerraum, in dem schon die gelieferten Kartons standen. Wir machten uns an die Arbeit. Der Oberpfleger öffnete die Kartons und ich sollte das Material in die Regale legen. Es verging eine kurze Zeit, da packte mich der Pfleger plötzlich von hinten und zog mich an sich. Dabei keuchte er, drehte mich zu sich herum und schob mich aus dem Raum zu einer der hinteren Nischen, wo man uns nicht sehen konnte. Er war ein kräftiger Mann so um die 50 Jahre und hielt mich mit seinen muskulösen Oberarmen fest umklammert. Dann wollte er mich küssen und begann, meinen Kittel aufzuknöpfen. Er presste seinen Mund auf meinen und griff mit einer Hand an meine Brust. Nein, ich wollte das doch nicht und versuchte, mich aus seiner Umarmung zu befreien. Das gelang mir jedoch nicht! Ich weiß nicht mehr, was ich alles sagte, während ich auf ihn einredete. Ich versprach, dass ich das alles hier niemandem erzählen würde, und bat ihn, dass er mich doch bitte jetzt loslassen solle. Bei diesem Gerangel stieß ich an etwas Hartes, das hinter mir stand. Ich blickte über meine Schulter und sah eine Bahre mit einem verstorbenen Patienten. Hier in dieser Nische wurden die Toten offensichtlich übergangsweise abgestellt, bis das Bestattungsinstitut sie abholen würde. Ich fing an, hemmungslos zu weinen, denn ich hatte solche Angst! Ununterbrochen redete ich auf den Pfleger ein und wand mich dabei wie ein Aal in seinen Armen. Plötzlich hörte ich, wie sich die Tür des Aufzuges öffnete. Ich stieß den Pfleger mit all meiner Kraft von mir und rannte schnell zum Fahrstuhl, der leer war. Rasch drückte ich den Knopf und fuhr nach oben.

Ich zitterte vor Angst und knöpfte mir hastig den Kittel zu. Ich wollte nur noch fort von diesem unheimlichen Ort und nach Hause. Mein größter Fehler war nun, dass ich nicht sofort zur

Oberschwester oder zu meinem Ausbilder lief, sondern vor Scham schwieg. Völlig verstört half ich mit, das Essen auszuteilen, und lief dann rasch zu Gabi, die ich ohnehin täglich in der Mittagspause traf. Als wir allein waren, erzählte ich ihr alles, was mir passiert war, sie konnte es einfach nicht glauben. Ich war völlig durcheinander und konnte keinen klaren Gedanken fassen. Sie gab mir den dringenden Rat, den Vorfall zu melden, aber ich schämte mich sehr und brachte stattdessen den restlichen Dienst mehr schlecht als recht hinter mich.

Den Pfleger sah ich an diesem Tage glücklicherweise nicht wieder. Auch zu Hause schwieg ich, denn es war mir peinlich, mit den Eltern über das Geschehene zu reden. Am Nachmittag machte ich mich auf den Weg zu Dr. Frese. Ihm erzählte ich schließlich alles. Ich sagte ihm, dass ich große Angst hätte, morgen wieder zum Dienst zu gehen. Er gab mir den guten Rat, den Vorfall sofort im Krankenhaus zu melden. Glücklicherweise schrieb er mich für eine Woche arbeitsunfähig, weil ich laut seiner Aussage „wie ein verängstigtes Vögelchen" vor ihm saß. Aber er bat mich nochmals eindringlich, den Mund aufzumachen und nicht zu schweigen. In dieser Woche schob ich die schlimmen Geschehnisse weit von mir und versuchte, an etwas Schönes zu denken. Aber die Gedanken an das Ereignis und der Ekel davor ließen mir keine Ruhe. Ich quälte mich selbst mit Vorwürfen, denn ich hatte dem Oberpfleger doch nur helfen wollen! Warum hatte dieser sich nur so verhalten?

An dem Morgen, als ich wieder zur Arbeit musste, führte mich mein erster Weg zu meinem Ausbilder. Ich berichtete ihm, was im Keller passiert war, und er schüttelte nur ungläubig den Kopf. Auch er sparte nicht mit Vorwürfen: Ich hätte am gleichen Tag zu ihm kommen müssen, oder aber die Ober-schwester vom Vorgefallenen in Kenntnis setzen müssen. Er rief die Lehrschwester an und bat um einen Termin, damit ich ihr alles erzählen und mit ihr beratschlagen konnte, wie es nun weitergehen würde, denn ich wollte auf dieser Station keinen einzigen Tag meinen Dienst mehr verrichten. Die Lehrschwester erwartete uns schon und ich berichtete noch einmal genau, was mir zugestoßen war. Sie hörte sich alles in Ruhe an und auch sie war der Meinung, es wäre besser gewesen, wenn ich gleich den Vorfall gemeldet hätte. Jetzt nach einer Woche klinge meine Geschichte unglaubwürdig und der Fairness halber sollte der Pfleger dazu auch Stellung nehmen können. Sie rief daher auf der Station 6 an, da der Pfleger an diesem Tage Dienst hatte, und forderte ihn auf, sofort bei ihr zu erscheinen.

Ich war mit meinen Nerven völlig am Ende. Als der Pfleger erschien, sah er mich erstaunt an und es schien ihm zu dämmern, worum es jetzt gehen würde. Die Lehrschwester fragte ihn ohne Um- schweife direkt auf den Kopf zu, ob es stimmen würde, dass er mich im Keller sexuell belästigt habe. Zuerst stritt er alles ab und erklärte, dass er so etwas niemals tun würde. In diesem Moment fühlte ich, dass man mir keinen Glauben schenken würde, denn der Pfleger war ja schon lange Jahre in diesem Krankenhaus beschäftigt und hatte sich nie etwas zu Schulden kommen lassen. Außerdem schien seine Aussage der Lehrschwester glaubwürdig zu sein, denn sie sah mich mit einem langen zweifelnden Blick an.

Plötzlich jedoch, ich weiß nicht, woher dieser Sinneswandel kam, sah der Pfleger zu mir herüber und sagte: „Es tut mir leid, was ich dir im Keller angetan habe, und ich bitte dich um Verzeihung." Trotz dieser Aussage und der Entschuldigung, die mein Ausbilder und die Lehrschwester ja nun hör- ten, legte man mir nahe, meine Ausbildung abzu- brechen und mich stattdessen an anderer Stelle zu bewerben. Dies begründete man damit, dass es nicht gut wäre, wenn ich hier weiterarbeiten würde. Da ich zu diesem Zeitpunkt niemanden an meiner Seite hatte, der mir in dieser Situation juristischen Rat hätte geben können, blieb mir nichts anderes übrig, als einzuwilligen. Offensichtlich erleichtert, mich so schnell überzeugt zu haben, teilte man mir sofort mit, dass ich telefonisch Bescheid erhalten werde, sobald meine Papiere zur Abholung fertig seien. Unendlich traurig und maßlos wütend verließ ich das Zimmer und ging sofort nach Hause. Es war einfach unglaublich – man verhielt sich tatsächlich so, als sei die Entschuldigung des Pflegers nie ausgesprochen worden.

Zu Hause angekommen, fand ich endlich den Mut, meinen Eltern zu erzählen, was ich erlebt hatte. Mein Vater regte sich fürchterlich auf und meinte, dass man unverzüglich vor das Arbeitsgericht gehen müsse. Und er, machte mir schwere Vorwürfe, weil ich nicht gleich zum ihm gekommen war und diesen Vorfall nicht sofort der Kranken-hausleitung gemeldet hatte. Ja, er hatte ja recht, alles hätte anders ablaufen müssen, aber ich schämte mich doch so sehr! Nie wäre ich auf den Gedanken gekommen, diesen Pfleger zu verführen. Ich war so naiv und wollte nur behilflich sein und zeigen, dass ich mich vor keiner Arbeit drückte.

Aber das Leben musste weitergehen. Mein Armproblem hatte sich seit der Operation zwar nicht verbessert, aber auch nicht verschlimmert. Noch immer absolvierte ich eine Menge Arztbesuche und bekam Krankengymnastik. Alles in allem war es aber ein unhaltbarer Zustand. Eines Abends, ich hatte meine Freizeit mal wieder im Wartezimmer von Dr. Frese verbracht, machte dieser mir einen ungewöhnlichen Vorschlag: „Weißt du Petra, ich könnte dir mit einem geübten Griff den Arm auskugeln und dich dann anschließend ins Krankenhaus zum Röntgen fahren." „Ich weiß wirklich nicht mehr weiter und bin mit meinem Latein am Ende". Nein – das kam ja nun überhaupt nicht in Frage, niemals mehr wollte ich diesen Schmerz aushalten müssen!

Ich schaute ihn entsetzt an. Wie konnte er mir nur so etwas vorschlagen? Im Nachhinein kann ich ihn verstehen, damals aber war mir das unmöglich. Er entschied sich dann dafür, dass ich wieder einmal ins Krankenhaus fahren sollte, um bei Prof. Hausmann vorstellig zu werden. „Weißt du", sagte mein Hausarzt zu mir, „rede mit ihm, sag wie es sich anfühlt, dass du bei manchen Bewegungen schon Angst hast, es könnte wieder passieren, und ob er für dich eine andere Behandlungsmöglichkeit weiß."

So machte ich mich eines freitags wieder auf den Weg zur ambulanten Untersuchung. Auf der Fahrt dorthin, hörte ich mir auf meinem Walkman die aktuellen Hits an. Dabei entspannte ich mich nur ein wenig, denn meine Nervosität und Aufregung war groß. Im Krankenhaus stand ich nun wieder vor dem Professor, diesmal war er jedoch allein, als er ins Behandlungszimmer trat. Seine „weiße Wolke" hatte wohl gerade etwas anderes zu tun. Mittlerweile war ich 17 Jahre alt und erzählte ihm zum wiederholten Mal von meinem Arm. Er hörte mir aufmerksam zu und sah mich dabei aber diesmal böse an und sagte: „Mein liebes Kind, wenn Sie noch einmal zu mir kommen, werde ich Sie verhauen und dann wissen Sie, was Schmerzen sind. Sie stehlen mir die Zeit, suchen Sie sich einen Freund oder gehen sie tanzen, denn es ist bei Ihnen alles nur Einbildung!" Mit diesen harten Worten war ich entlassen.

Als ich das Krankenhaus verließ, fühlte ich mich so verlassen und gedemütigt wie noch nie zuvor in meinem Leben. Ich wusste doch, dass mit dem Arm etwas nicht in Ordnung war, und ich hatte mir Hilfe und Verständnis erhofft, aber doch nicht so eine Abfuhr! Und ich bekam Schuldgefühle, konnte mir allerdings gar nicht erklären warum. Ich schämte mich und war unendlich traurig, dass mich dieser

Arzt, dem ich doch so vertraute, im Stich ließ. Verdammt noch einmal – ich wusste, dass dies alles keine Einbildung war, denn meine Eltern und meine Tante hatten es doch miterlebt! Ich war ohnmächtig vor Wut und Trauer. Zu Hause erzählte ich meinen Eltern nur, dass alles wohl seelisch bedingt sei. Die Drohung des Arztes, mich zu verhauen, verschwieg ich. Noch lange Zeit danach musste ich an dieses Gespräch mit Prof. Hausmann denken. Scham, Wut, Empörung und das Wissen, nicht verstanden zu werden, setzten mir seelisch stark zu. Was war mit mir los? Alles nur Einbildung? Das alles bereitete mir große Angst und mein Selbstwertgefühl sank endgültig in den Keller.

Nach meiner erzwungenen Kündigung bewarb ich mich in anderen Krankenhäusern, denn ich wollte ja meine Ausbildung fortführen. Aber da ich zu allem Überfluss auch noch ein miserables Zeugnis bekommen hatte, wollte mich offensichtlich niemand ausbilden. Hätte nur einmal jemand, bei dem ich mich bewarb, gefragt, warum ich dort aufgehört habe, wäre eine ehrliche Antwort erfolgt. Aber ob man mir das alles geglaubt hätte?

Um nicht untätig herumzusitzen, nahm ich zur Überbrückung an einigen Lehrgängen in verschiedenen Berufen teil. So wollte ich herausfinden, ob es noch andere Tätigkeiten gab, die mir zusagen würden. Leider machte mir aber noch immer mein Arm zu schaffen, sodass ich keine der möglichen Ausbildungen antreten konnte.

Eines Tages fand ich dann aber doch noch eine Anstellung in einem großen Unternehmen. Die Arbeit dort bereitete mir Freude und ich befand mich inmitten eines sehr netten Kollegenkreises. Die Arbeit in der Produktion elektronischer Komponenten belastete meinen Arm kaum. Mittlerweile glaubte ich schon selber, dass meine Probleme nur Einbildung seien. Inzwischen war ich auch, zusammen mit Gabi, der früheren Arbeitskollegin aus dem Krankenhaus, einem Chor beigetreten. Eines Tages lasen wir in der „Berliner Zeitung", dass der berühmteste Chor Deutschlands unter Gotthilf Fischer in der Deutschlandhalle ein Konzert geben wollte. Das war Mitte der Siebzigerjahre und der Anlass war, soweit ich mich erinnere, die Funkausstellung in den Messehallen unter dem Funkturm.

Das besondere an diesem Ereignis für uns war, dass Gotthilf Fischer zehn Leser der Zeitung aussuchen wollte, die in diesem Konzert auftreten dürften. Hierzu musste man nur den Coupon aus der

Zeitung ausschneiden und mit der eigenen Anschrift an die angegebene Adresse schicken. Gabi und ich waren Feuer und Flamme und füllten den Coupon aus. Allzu große Hoffnungen machte ich mir allerdings nicht. Einige Tage später jedoch lag eine Glückwunschkarte im Briefkasten, denn ich war eine der zehn glücklichen Gewinnerinnen. Gabi hatte leider nicht gewonnen, dennoch freute sie sich sehr mit mir. Sie besorgte für sich und meinen Papa sogleich Konzertkarten, die Gott sei Dank noch nicht ausverkauft waren. Diesen Auftritt wollte sich mein Papa unter gar keinen Umständen entgehen lassen.

Der große Tag war gekommen. Wir zehn glücklichen Gewinner wurden hinter die Bühne geführt, wo der Chorleiter uns herzlich begrüßte. Wir bekamen den Text des bekannten Volkslieds „Hoch auf dem gelben Wagen" in die Hand gedrückt, verbunden mit der Anweisung, wenn wir nicht weiterwussten, dort abzulesen. Wir sollten auch keine Angst haben, denn sollte etwas nicht klappen, würde der große Chor im Hintergrund uns lauthals unterstützen. Gotthilf Fischer war ein sehr sympathischer Mann und besaß wahrhaftig die göttliche Gabe, alle Menschen zum Singen zu animieren. Ich erinnere mich beispielsweise noch sehr genau daran, dass er eines Tages in einen

Wagen der Berliner U-Bahn einstieg und die Fahrgäste in kurzer Zeit zum Mitsingen bewegte.

Und jetzt war es so weit: Die Musik setzte ein und wir zehn Amateursänger kamen auf die Bühne. Der Chor war bereits da, aber noch nicht zu sehen, denn die Bühne war stockdunkel und nur wir wurden durch die Spots angeleuchtet. Herr Fischer gab uns ein Zeichen und dann sangen wir los. Am Anfang verzagt, aber der Chor im Hintergrund gab uns Hilfestellung und so sangen wir alle zusammen und es fiel überhaupt nicht auf, wenn mal ein Ton daneben lag. Das Lied endete und es gab tosenden Applaus! Noch heute bekomme ich bei dieser Erinnerung Gänsehaut, wenn ich an diesen wunderschönen Tag zurückdenke.

Durch einen Zufall erfuhren wir später, dass Gotthilf Fischer in verschiedenen Städten kleinere Chöre ins Leben gerufen hatte. Sein Name allein reichte bereits aus, dass man gerne in einem dieser Chöre mitsingen wollte. Es gab aber auch seinen großen Stammchor, mit dem er hauptsächlich arbeitete. Die kleineren Chöre besuchte er immer dann, wenn er gerade in der Nähe war. Oh, da wollten wir gerne eintreten und durch Zufall gelang es uns auch, herauszufinden, wo ein solcher Chor bei uns in Berlin seine Proben abhielt.

Ich erfuhr die Telefonnummer des Chorleiters, rief ihn an und fragte, ob er noch Plätze frei habe. Er sagte sofort zu! Ich muss dazu sagen, dass mir in der weiteren Zeit die Musik immer viel Kraft gegeben hat und es auch ganz bestimmte Lieder gab, die mir Mut und Zuversicht in einigen Lebensabschnitten schenkten. Die Proben fanden wöchentlich im Ratskeller des Charlottenburger Rathaus statt und wir sangen begeistert mit. Charlottenburg, ist einer von vielen Bezirken Berlins.

In der bevorstehenden Weihnachtszeit sollten auch Auftritte in Krankenhäusern oder zu Weihnachtsfeiern in Altenheimen stattfinden. Am vierten Advent hatten wir einen Auftritt in dem Krankenhaus, in dem ich damals wegen des Übergriffes des Pflegers meine Ausbildung hatte abbrechen müssen! Erst sollten wir unten in der Empfangshalle und danach in einem der Aufenthaltsräume Weihnachtslieder singen und Weihnachtsgedichte aufsagen. Das Publikum bestand überwiegend aus alten Menschen, die dort zusammengekommen waren. Wir begannen mit bekannten Titeln, von denen viele der Patienten den Text kannten und begeistert mitsangen. Ich hatte mich entschieden, das Gedicht von Knecht Ruprecht vorzutragen und war ein wenig nervös, weil ich ein eher introvertierter Mensch bin und nicht gern in der Öffentlichkeit herausrage. Warum ich mich überhaupt gemeldet hatte, verstehe ich bis heute nicht. Als mein Auftritt kam, hatte ich mächtiges Lampenfieber. Aber es half nichts, ein Rückzug war nicht mehr möglich. Ich trat aus dem Chor heraus und fing an, das Gedicht vorzutragen. Die Patienten lächelten mich an und nahmen mir dadurch ein wenig die Scheu.

Es lief alles wunderbar, ich kam nur selten ins Stocken und wenn es doch einmal passierte, flüsterten einige von den Patienten, mir den Text zu. Es war so rührend, wie sie meinen Worten lauschten und mich unterstützten. Beim Aufsagen wanderte mein Blick in die Runde und auf einmal sah ich in das Gesicht des Pflegers von damals. Er stand hinten an die Wand gelehnt und sah zu mir herüber. Ich weiß nicht, ob er mich erkannte, aber sein Gesicht hatte ich nicht vergessen. Die Angst von damals kam wieder hoch und ich vergaß vor lauter Schreck meinen Text. In mir war alles so aufgewühlt, aber dank der Patienten konnte ich das Gedicht mehr schlecht als recht zu Ende bringen. War ich froh, dass dieser Auftritt nun vorbei war! Es gibt einen Spruch der besagt, dass man sich immer zweimal im Leben sieht. In diesem Fall traf er voll zu.

In dem Unternehmen, in dem ich tätig war, nahm mich nach Feierabend einmal eine Kollegin in ihrem Wagen mit, weil sie in meine Richtung musste. Ich war gerade dabei, mir den Sicherheitsgurt anzulegen, als es abermals passierte. Beim Griff nach dem Gurt machte ich erneut diese unglückliche Bewegung und der Arm rutschte wieder halb aus dem Gelenk. Diesmal gelang es mir nicht gleich, ihn einzurenken, und ich weinte vor Schmerz und Schreck. Meine Kollegin fragte, ob sie mich sofort ins Krankenhaus bringen solle, aber auf den Weg dorthin schaffte ich es wieder einmal und der Arm renkte sich ein. Ich bat sie stattdessen, mich nach Hause zu fahren, denn ich sah keinen Sinn mehr darin, in die Klinik zu fahren - es war doch alles nur seelisch! Heute weiß ich, dass die Gelenkpfanne mit jeder weiteren Ausrenkung immer weiter ausleiert, bis der Arm keinen Halt mehr hat und bei der kleinsten Bewegung wieder herausfällt.

Eines Tages hörte ich von Bekannten, die gute Erfahrungen mit dem Chefarzt der Orthopädie im Krankenhaus Dahlem gemacht hatten. Warum sollte ich nicht mal eine zweite Meinung einholen? Ich besprach mich mit meinem Hausarzt, der die Idee unterstützte und mir sofort eine Überweisung ausschrieb. Mit Sicherheit würde der Arzt in

Dahlem herausfinden, was mit meinem Arm nicht in Ordnung war, dachten wir. Ich machte noch am gleichen Tag einen Termin und fuhr eine Woche später zur Untersuchung in der Hoffnung, dass man mir dort helfen könnte. Mit den Jahren hatten sich schon etliche Röntgenbilder und Berichte angesammelt, die ich zu diesem Besuch mitnahm. Da ich mich in diesem Berliner Bezirk allerdings nicht auskannte, fragte ich unterwegs einen netten alten Herrn nach dem Weg. Dahlem ist ein noch weitgehend ländlicher, und wunderschöner Bezirk, der wie ein kleines Dorf am Rande der Großstadt wirkte.

Als ich nun beim Chefarzt saß, sah dieser sich zunächst alle Röntgenbilder genau an und las aufmerksam die Berichte der anderen Kollegen. Aber auch er konnte nichts Gravierendes feststellen, wollte diesem Drama aber auf den Grund gehen, denn ich litt ja nun schon einige Jahre an diesem Problem. Er beschloss daher, dies im Rahmen einer Operation zu tun. Erleichtert darüber, dass nun anscheinend etwas geschehen würde, das mir wirklich helfen sollte, stimmte ich zu. Doch als ich einige Tage später den Termin zur Aufnahme bekam, war mir „Angst und Bange". Dr. Frese aber, der sich viel von dieser Sache versprach, wünschte mir Glück und versicherte mir, dass alles gut würde. Mit schwerem Herzen, gemischten Gefühlen und Sorgen über das, was mir nun bevorstand, betrat ich am vereinbarten Tag das Krankenhaus. Die Operation war bereits für den nächsten Morgen angesetzt und es folgten daher gleich die üblichen Voruntersuchungen. Als die Nacht kam und die Schwester mir ein Beruhigungsmittel geben wollte, fing ich plötzlich an zu weinen. Ich bekam einen regelrechten Weinkrampf. In mir sträubte sich alles, wenn ich nur an diese Operation dachte, denn diese wurde ja laut dem Arzt rein auf Verdacht durchgeführt, ohne, dass im Vorfeld eine Ursache ermittelt worden wäre.

Nein, das durfte ich einfach nicht zulassen! Ich war doch schon einmal ohne sichere Diagnose operiert worden, und jetzt sollte ich eine solche Prozedur erneut durchstehen? Ich hörte nicht auf zu weinen, alles gute Zureden half nicht. Mein Entschluss stand fest: Ich wollte nur nach Hause, wollte nichts mehr von Krankenhäusern, Operationen und offensichtlich nutzlosen Untersuchungen wissen. Warum auch, es war doch alles nur seelisch bedingt, schrie es innerlich in mir. Ich stand auf, zog mich an und packte meine Tasche. Der zwischenzeitlich herbeigerufene Arzt wollte mit mir in Ruhe reden, aber ich gab ihm keine Chance und suchte gedanklich schon den Ausgang. Ich unterschrieb eine Erklärung, dass ich das Krankenhaus auf eigenen Wunsch verließe, und dann ging ich mit dem Gefühl, alles richtig entschieden zu haben nach Hause.

In dieser Nacht nahm ich kein Taxi, wie ich es mir eigentlich vorgenommen hatte, sondern ging zur nächsten Bushaltestelle. Dass ich ein paar Mal würde umsteigen müssen, störte mich nicht, ganz im Gegenteil, denn ich verspürte im Moment den Wunsch, allein zu sein, um über alles in Ruhe nachdenken zu können. Ich war im Moment einfach nicht in der Lage, Fragen zu beantworten, und wollte mit mir und meinen Gefühlen wieder ins Reine kommen. Denn da war auch immer noch dieses Vertrauen, dass ich zu Prof. Hausmann hatte. Mein Bauchgefühl hatte mich nie im Stich gelassen und so, wie es nun war, war es für mich momentan völlig in Ordnung. Meine Eltern staunten nicht schlecht, als ich kurz nach Mitternacht wieder vor der Tür stand. Aber sie akzeptierten meinen Entschluss, denn sie fühlten, dass es mir ernst gewesen war.

Nach einer schlaflosen Nacht fand ich mich am nächsten Morgen bei Dr. Frese ein. Mir war ein wenig mulmig zumute im Bauch, weil ich die Operation abgelehnt hatte, denn die Hoffnung, die sich mein Doktor auf eine aussagefähige Diagnose gemacht hatte, hatte sich ja mit meinem Entschluss zerschlagen. Sicher würde er sehr enttäuscht darüber sein. Ja, und so kam es auch. Als er mich aufrief, runzelte er schon die Stirn. Seine erste Frage war, warum ich nicht im Krankenhaus sei. Ich suchte nach überzeugenden Worten, aber er fasste mein Gestammel mit einem Satz zusammen. „Du hast die Kurve gekratzt", sagte er nur. Oh, er war richtig „verschnupft", dass ich so kurz vor dem Ziel aufgegeben hatte. Dann schrieb er etwas in meine Karteikarte.

Ich fühlte mich gerade richtig schuldig, da fing er plötzlich laut an zu lachen und schüttelte nur den Kopf. "Haut das Mädchen doch einfach ab", sagte er dann schmunzelnd. So etwas war ihm noch nicht untergekommen. Das Schlimme daran war, dass dieser Gedanke, dass alles sei doch nur seelisch bedingt, sich in meinem Kopf so festgesetzt hatte, dass ich das mittlerweile selbst glaubte. Mir fehlte nichts, der Arm war in Ordnung, sagte ich mir immer wieder. Mein Leben ging also weiter. Arbeit, Freizeit, schöne Reisen, ab und zu mal ein paar kleinere Beschwerden, aber die waren ja nur seelisch begründet.

Dann kam der Tag, der alles verändern sollte. Es war Anfang Mai 1983, und die sogenannten „Maientage" fanden bei uns im Stadtpark statt. Dieser trug den Namen Jahnpark, benannt nach „Turnvater" Friedrich Ludwig Jahn, und erinnerte mich an den Centralpark in New York, weil er wie eine Ruheoase mitten in der Stadt liegt. Die Maientage waren ein alljährlich stattfindendes Frühlingsfest. Wir Berliner nannten dieses Ereignis aber nur „Rummel". Und ich war eine richtige „Rummeljule". Neben diesem Fest gab es in West-Berlin viele ähnliche Veranstaltungen, so zum Beispiel das deutsch-amerikanische oder das deutsch-französische Volksfest der alliierten Streitkräfte, denn West-Berlin war ja nach dem Zweiten Weltkrieg in drei Besatzungszonen aufgeteilt. Ich war auf jedem einzelnen dieser Feste!

Ich hatte an diesem Tage keine Lust, allein zu den Maientagen zu gehen. Zwar musste meine Freundin arbeiten, aber Udo, ihr Mann und gleichzeitig bester Freund unserer Familie, zog dafür mit mir los, denn auch er hatte stets großen Spaß an diesem Frühlingsfest. Ich liebte die Stimmung und das Flair auf dem Festplatz, die Musik, die flackernden Lichter und den Geruch von Zuckerwatte, Popcorn und Bratwurst und so tobten wir beide uns an diesem Tag einmal so richtig aus.

Es gab dort auch ein Fahrgeschäft, ähnlich einer Schiffsschaukel, nur mit dem Unterschied, dass man sich selbst zum Schaukeln bringen musste. Was hatten wir uns dabei abgemüht, wir beugten uns nach vorn und nach hinten, aber es war so unfassbar schwer, diese Schaukel in Gang zu bringen. Ich setzte all meine Kraft ein und doch schafften es nur ein klein wenig, sie zu bewegen. „Nein", sagte Udo, „das lassen wir mal lieber sein und fahren jetzt mit der Achterbahn." Wir hatten wahnsinnigen Spaß an diesem Nachmittag. Udo schoss eine Rose für seine Frau, ich kam von den Fahrgeschäften nicht los und nachdem wir ein paar Stunden über den Festplatz gelaufen waren und uns amüsiert hatten, wollte ich zum Abschluss unbedingt noch mit der Walzerbahn fahren.

Ich liebte es, wenn die Gondeln sich immer schneller drehten. Udo kaufte in der Zwischenzeit den halben Süßigkeitenstand leer. Wo gab es sonst solche frischen gebrannten Mandeln und Liebesäpfel? Er stand vollbepackt am Rande der Walzerbahn mit einem kandierten Apfel in der Hand und wartete, dass die Fahrt zu Ende ging. Danach wollten wir nach Hause gehen.

Zu Beginn der Fahrt drückte der Fahrbegleiter mir einen Sicherheitsbügel vorm Bauch. Als die

Gondeln wieder standen, wollte ich aussteigen und schob mit dem rechten Arm den Bügel nach oben. Und da geschah es! Diese Bewegung war der Auslöser. Ich kugelte mir den Arm jetzt vollständig aus und das war das schmerzhafteste, was mir bis dahin passiert war. Ich kann diesen Schmerz einfach nicht in Worte fassen und mit Müh und Not gelang es mir, aus der Gondel auszusteigen. Ich konnte nicht gehen, der Arm hing völlig schlaff an meinem Körper herunter, doch ich schaffte es irgendwie bis zur Wiese zu gehen, wo Udo stand. Dort brach ich dann zusammen. Es muss für Udo in diesem Moment schrecklich gewesen sein, denn ich schrie aus Leibeskräften. Ich weinte und bat ihn, er solle einen Notarzt rufen. In der Zwischenzeit hatten sich viele Besucher um mich versammelt und ein Fahrgeschäftsbetreiber hatte schon einen Krankenwagen angefordert. Dieser werde gleich eintreffen, sagte er mir. Das Warten kam mir jedoch wie eine Ewigkeit vor, aber es vergingen gerade einmal fünf Minuten, bis der Notarztwagen auftauchte, wie mir Udo später erzählte. Der Notarzt kam gleich angerannt und ich musste ihn so gut es ging schildern, was mir passiert war. Mit einem Blick sah er schon, wie ich den Arm hielt. Ich konnte ihn nicht bewegen, es war einfach unmöglich. Der Arzt erklärte mir, dass ich nun auf eine aufblasbare Trage gelegt würde, um die Erschütterungen bei der Fahrt ins Krankenhaus zu dämpfen. Udo durfte mich samt Liebesapfel und Rose begleiten. Er tat mir im Nachhinein so leid, denn das hatte er mit mir noch nie durchgemacht. Ich war vor Schmerz und Angst wie betäubt, als man mich vorsichtig auf diese Trage legte.

Obwohl sie langsam durch den Park zum Unfallkrankenhaus fuhren, erschütterte jede Unebenheit den Wagen und es war mir eine Qual. Schon nach kurzer Zeit waren wir in der Notaufnahme angekommen und man schob mich sofort in den Röntgenraum. Das Röntgen war eine schmerzhafte Prozedur, denn man versuchte, den Arm halbwegs in die richtige Stellung zu bringen, um erkennen zu können, was passiert war. Nach dieser Tortur schob man mich auf den Flur, denn es war schon fast Freitagabend und die Notaufnahme war überfüllt. Da lag ich nun und konnte überhaupt nicht aufhören zu weinen. Ich war völlig durchgedreht und hatte furchtbare Angst vor dem, was nun mit mir geschehen würde.

Eine Ärztin lief an mir vorbei, blieb plötzlich stehen und kam zu mir. Sie fragte, was los sei, welche Beschwerden ich hätte und warum ich so weinte. Ich weiß, dass ich immer wieder schrie: „Ich habe doch nichts, das ist alles nur seelisch, ich kann gar nichts haben." Die Ärztin schüttelte nur den Kopf und rief sofort auf die Orthopädie an, dass jemand von den Ärzten unverzüglich in die Notaufnahme kommen solle. Es dauerte auch nicht lange und zwei Ärzte kamen zu mir. In der Zwischenzeit waren die Röntgenaufnahmen fertig und einer der Ärzte schaute sich die Bilder an. Ich erzählte von meinen Problemen und dass Prof. Hausmann der Meinung sei, dass alles nur seelisch begründet sei, denn man hat ja nie etwas gefunden.

Der andere Arzt sah sich ebenfalls die Aufnahmen an und schüttelte nur den Kopf. Er fragte mich, wie oft ich dieses Ausrenken schon gehabt hätte, denn meine Gelenkpfanne sei völlig ausgeleiert. Daher werde der Arm sich auch nach erneutem Einrenken nicht mehr sicher in der Gelenkpfanne halten, was immer wieder zu meinen Problemen führen werde. Dann erklärten sie mir, dass ich deswegen schnell operiert werden müsse, und fragten mich, ob das hier in diesem Krankenhaus erfolgen solle oder ob ich lieber zu Prof. Hausmann gehen wolle.

Nach allem, was ich in den vergangenen zwölf Jahren seit dem Sportunfall durchgemacht hatte, war mein sehnlichster Wunsch, wieder zurück zu Prof. Hausmann zu gehen. Viele aus meiner Familie und meinem Freundeskreis konnten diese

Einstellung und Entscheidung nicht verstehen, weil er mir doch keinen Glauben geschenkt hatte. Dennoch wollte ich wieder zu ihm. Die Ärzte akzeptierten zwar meinen Entschluss, doch würden sie aufgrund des Berichtes aus der Notaufnahme und der aktuellen Diagnose Prof. Hausmanns seine Einschätzung kritisieren und ihm Vorwürfe machen.

Jetzt musste der Arm aber eingerenkt werden und das würde ohne Narkose geschehen, weil ich ein wenig mithelfen sollte, wenn ich das Gefühl hätte, dass der Arm wieder im Gelenk saß. Mir war das mittlerweile alles gleichgültig, der Schmerz, die Angst und das Einrenken ohne Betäubung. Man brachte mich in einen Operationssaal und legten mich auf den Operationstisch. Ich zitterte wie Espenlaub und weinte heftig. Der Arzt beruhigte mich und erklärte Schritt für Schritt, was er vorhabe. Dabei wies er mich an still liegen zu bleiben, er werde so behutsam vorgehen, dass ich überhaupt nichts spürte.

Vorsichtig begann er an meinem Arm zu ziehen, immer nur ein klein wenig – ich merkte nichts. Vielleicht war ich auch nur von dem ursprünglichen Schmerz so betäubt und fühlte daher nichts. Plötzlich gab es einen kleinen Ruck und der

Arm lag wieder in der Gelenkpfanne. Zur Kontrolle wurde sofort geröntgt: Aber alles saß so, wie es sein musste. Anschließend bandagierte man mir meinen ganzen Oberkörper, denn der Arm musste fest am Körper anliegen. In diesem Moment war ich unendlich erleichtert und dem Arzt dankbar, dass er so vorsichtig gewesen war.

Eine Schwester bat mich, noch ein wenig im Wartebereich Platz zu nehmen, weil noch ein Bericht zu schreiben war. Man fragte, ob ich kreislaufmäßig stabil genug war, um nach Hause zu gehen und der Arzt vergewisserte sich, dass ich abgeholt würde. Anderenfalls wäre ich mit einem Krankenwagen nach Hause gebracht worden. Da Udo in der Zwischenzeit meinen Papa angerufen hatte, saßen beide bereits draußen in der Halle und warteten. Mein Vater bekam einen gewaltigen Schreck, als er mich erblickte. Ich muss fürchterlich ausgesehen haben, verheult, verschwitzt und blass um die Nase. Ich fühlte mich völlig ausgelaugt und wollte nur nach Hause. Udo seine Rose und der Liebesapfel aber durften noch einen Einsatz mitfahren.

Alles, was an diesem Tage passiert war, und die Erkenntnis, dass nichts, aber auch gar nichts seelisch bedingt war- das musste ich erst einmal begreifen. Es kam mir so vor, als wäre eine Last von meinem Schultern gefallen, denn meine Beschwerden waren also doch keine Einbildung, sondern Realität. An diesem Wochenende blieb ich zu Hause und eine Freundin kam, um mich ein wenig abzulenken, denn meine Gedanken ließen mir keine Ruhe und ich hatte Angst vor dem, was noch kommen würde. Am Montagmorgen saß ich wieder Dr. Frese gegenüber, der sich den Unfallbericht durchlas. Er war fassungslos und als ersten Schritt schrieb er mich auf unbestimmte Zeit arbeitsunfähig. Dann besprachen wir, wie es weitergehen solle.

Ich bat ihn um eine Überweisung für Prof. Hausmann und erklärte ihm, dass ich wieder dorthin gehen wolle, weil in mir dieses Gefühl war, bei ihm trotz allem gut aufgehoben zu sein. Dr. Frese war damit einverstanden und rief gleich im Krankenhaus an, dass der Untersuchungstermin dringlich sei und ich möglichst schon am nächsten Tag vorstellig werden solle. So saß ich am Tag darauf im Bus und fuhr zum Krankenhaus. Dabei machte ich mir Sorgen, wie Prof. Hausmann reagieren würde, wenn ich wieder zu ihm zur Untersuchung kam. Aber ich hatte es ja nun schwarz auf weiß, dass ich mir nichts eingebildet hatte, und so wurde ich ein wenig gelassener. Und eigentlich war es mir ja auch egal, was er dachte. Diese Gedanken gaben mir sehr viel Kraft.

Ja, nun stand ich wieder vor meinem Professor, dick einbandagiert, mit Bericht und Röntgenaufnahmen in der Hand. Er schaute zuerst mich an und dann die Röntgenbilder. Zum Schluss las er den Befund. Ich hatte keine Ahnung, was dieser Bericht beinhaltete, und war nicht sicher, wie er reagieren würde. Er sah mich wie immer nur an und sprach kein Wort. Dann aber bat er mich, mit ins Sekretariat zu kommen. „Das erste Bett, das frei wird, erhält dieses Mädchen hier!" Das waren seine einzigen Worte, danach gab er mir aber die Hand, lächelte mich an und ging. Was er in diesen Moment dachte, wusste ich nicht, doch ich spürte in mir eine Erleichterung und wieder sagte mein Bauchgefühl, dass dies der richtige Weg war.

Zwei Tage später wurde ich stationär aufgenommen. Wieder landete ich in einem Sechsbett-Zimmer. Aber es waren überwiegend junge Patienten, die dort lagen, und es ging recht lustig zu. Die meisten mussten lange liegen und hatten sich daher häuslich eingerichtet. Es gab immer etwas zu erzählen und dadurch wurde ich abgelenkt. Der Stationsarzt kam am Abend und erklärte mir ausführlich, was bei dieser Operation gemacht werden musste. Man würde die Gelenkpfanne zusammenziehen, sodass der Arm sich nicht mehr ausrenken könne. Am folgenden Tag wurde es ernst. Das Pflegepersonal wie auch meine Bettnachbarn wünschten mir Glück. So langsam kannte ich mich ja aus, wie es ablief.

Ich weiß nicht, wie lange die Operation gedauert hatte. Als ich wieder zu mir kam, lag ich auf der großen Wache und es war draußen schon schummrig. Als ich die Augen aufschlug, sah ich Prof. Hausmann an meiner Bettkante sitzen, aber ich war noch völlig benommen von der Narkose. Er streichelte meinen linken Arm, sprach aber kein einziges Wort zu mir. Doch als ich ihm in die Augen sah und erkannte, wie er mich anschaute, spürte ich, dass es ihm leidtat und dass er sich bei mir entschuldigen wollte. Er stand leise auf und verließ das Zimmer. Ich schlief gleich wieder ein und erst am nächsten Morgen, als ich aufwachte, merkte ich, dass ich wieder in einem Gipspanzer steckte.

Doch dieses Mal ergab es einen Sinn. Ich nannte die Konstruktion „Korsett", denn sie hatten sich im Gipsraum etwas Spezielles einfallen lassen. Am unteren Rand hatte man auf der rechten Seite kleine Löcher eingestanzt und eine weiße Kordel durchgezogen. So sah das Ganze aus wie ein großer

Schuh, bei dem die Schnürsenkel über Kreuz zusammengezogen werden. Ein schickes Modell hatten sie mir da verpasst und sechs Wochen durfte ich es tragen! Da man an der Seite auch einen Schlitz vorgesehen hatte, war das Tragen angenehmer. Nach einer Woche durfte ich schon wieder nach Hause. In sechs Wochen sollte ich zwecks Abnahme des Korsetts wieder stationär aufgenommen werden. Im Anschluss daran war Krankengymnastik auf der Station vorgesehen. Meine Freundin konnte es nicht erwarten, dass ich wieder nach Hause kam, denn sie bettelte schon darum, mir dieses Korsett bemalen zu dürfen.

Der große Michelangelo hätte es nicht besser gekonnt und so trug ich nun ein buntes Gipskorsett. Da der Sommer 1983 sehr heiß war, hatte ich oben herum nichts an, aber ich war ja völlig vom Gips bedeckt. Trotzdem schwitze ich fürchterlich in meinem farbenfrohen Kunstwerk. So ging ich auf die Straße und mir war es egal, ob die Passanten schauten oder nicht. Problematisch sollte es nur einmal im Kaufhaus werden, als ich mit meiner Freundin eine Besorgung machte und in der Keramikabteilung fast ein Kaffeeservice heruntergerissen hätte. Es ging jedoch Gott sei Dank noch einmal gut.

Das Schwitzen trieb mich noch in den Wahnsinn. Da hatte meine Mama eines Tages die Idee, mit der Gießkanne ein wenig kaltes Wasser in das Gipskorsett zu gießen. Ach, was tat das kühle Nass gut, als es Rücken und Brust herunter lief! Wir stellten jedoch sehr schnell fest, dass diese gut gemeinte Maßnahme völlig falsch war, den es dauerte nicht lange und der Gips begann aufzuquellen! Tapfer überstand ich die Zeit und konnte es nicht erwarten, dass man mir mein zwar künstlerisch interessantes, aber doch sehr beengendes Werk abnahm.

Als der große Tag kam, konnte ich es nicht erwarten, ins Krankenhaus zu fahren. Dort angekommen, lief ich sofort hinunter in den Gipsraum. Als der Mitarbeiter mit einer großen, an eine Geflügelschere erinnernde Vorrichtung auf mich zukam, konnte ich es kaum erwarten, bis er endlich mit seiner Arbeit anfing. Aber als er an der Seite den Gips aufgeschnitten hatte und ihn auseinanderbiegen wollte, kam eine übelriechende Wolke heraus. Der Geruch war so extrem, dass ich mich dafür schämte. Er beruhigte mich aber und erklärte mir, dass dies nicht nur bei mir so sei, es gehe allen anderen Patienten ebenfalls so. Trotz allem war es für mich abscheulich. Oh, wie dünn waren der Arm und mein Oberkörper geworden! Ich sollte den Arm festhalten, weil ich keine richtige Kraft in ihm hatte. Zudem war durch die Operation noch alles unbeweglich und steif. Der erste Gang führte mich jetzt aber erst einmal unter die Dusche.

Die Operation war erfolgreich verlaufen und ich bekam mehrere Wochen Krankengymnastik verordnet. Man versicherte mir, dass ich keine Angst mehr haben brauchte, der Arm sei wieder völlig intakt und würde nicht mehr auskugeln. Trotz der aufmunternden Worte war ich noch immer sehr skeptisch und fürchtete, dass bald alles wieder von vorne beginnen würde. Während ich diese Zeilen schreibe, ertappe ich mich immer wieder dabei, wie ich meinen Arm unbewusst an meinen Körper presse. Auch heute, nach mehr als 40 Jahren, sitzt die Angst vor einer erneuten Auskugelung noch tief in mir. Und dass, obwohl wie von den Ärzten damals prophezeit, das Problem seitdem nie wieder aufgetreten ist.

Nach einigen Wochen konnte ich endlich wieder zur Arbeit gehen. Meine Kollegen freuten sich sehr, dass ich wieder da war. Vier Monate war ich arbeitsunfähig gewesen und sie machten mir den Wiedereinstieg am ersten Tag sehr leicht. Es war herrlich zu wissen, dass ich die Operation gut überstanden habe, und ich versuchte ab sofort, nicht mehr an die hinter mir liegende Zeit zu denken.

Weniger als ein Jahr war vergangen, da bekam ich im rechten Handgelenk Schmerzen. Es stellte sich heraus, dass ich unter einem Karpaltunnelsyndrom litt, das aber ambulant operiert werden konnte. Ein Unfallchirug hatte bei uns in der näheren Umgebung seine Praxis eröffnet und diesen suchte ich auf. Er kam aus dem Iran und war lieb und einfühlsam. Er führte den kleinen Eingriff durch und es blieb nur eine unscheinbare Narbe zurück. In dieser Zeit hatten bei uns im Kiez viele ausländische Ärzte ihre Praxis eröffnet. Ihre Mentalität war anders, gefiel mir aber gut.

Als ich das Karpaltunnelsyndrom glücklich losgeworden war und mittlerweile die Nase von Operationen gestrichen voll hatte und auch nichts mehr von der Orthopädie wissen wollte, bekam ich einen sogenannten Tennisarm - auch wieder rechts. Es begann schleichend und ich konnte den Ellenbogen nur unter Schmerzen strecken. Ich war ständig krankgeschrieben, erhielt diverse Salbenkuren und Spritzen – aber alles half nichts. In dieser Zeit hatte Dr. Frese die Praxis an seine Tochter abgegeben und er kam nur ab und zu vorbei, um auszuhelfen. Mit der jungen Ärztin verstand ich mich sehr gut. Da sie meine Krankengeschichte übernahm, hatte ihr Vater bereits so einiges über mich erzählt. Das war auch nicht weiter verwunderlich, denn ich war seine anhänglichste Patientin gewesen und es bestand mittlerweile eine kleine, vertraute Freundschaft zwischen uns. Aber auch diese Ärztin konnte mir bei meinem Tennisarm nicht dauerhaft weiterhelfen, sondern nur die Symptome lindern. Somit führte mich mein Weg wieder einmal ins Krankenhaus zur ambulanten Sprechstunde.

Dieses Mal jedoch nicht wieder nach Britz, sondern in das Neuköllner Krankenhaus, dass nur ein paar Straßen weiter lag. Die Britzer Klinik war nämlich in der Zwischenzeit geschlossen und in den Gebäuden befand sich nun ein Altenheim. Auch mein lieber Prof.Hausmann war mit seiner Abteilung in das neu erbaute Klinikum umgezogen. Und schon wieder saß ich wartend auf einem der vielen Flure. Dieses neue Krankenhaus war ein sehr imposantes Gebäude mit einer lichtdurchfluteten Halle im Erdgeschoss. Sie erinnerte mich unweigerlich an eine Flughafenhalle: hochmodern, aber man brauchte einen Lageplan, um die einzelnen Fachbereiche zu finden. So wartete ich nun, bis man mich zur Untersuchung aufrief. In meinem Kopf entstanden die altbekannten Fragen: Was wird der Arzt sagen und wird wieder einmal eine Operation erforderlich sein? Da ging die Tür zum Behandlungsraum auf und wer stand vor mir? Mein Professor! Ein leichtes Lächeln lag um seinen Mund, als er mich hereinbat.

Ich hatte mit allem gerechnet, aber nicht mit ihm. „Oh Gott", dachte ich, „hoffentlich glaubt er dir!" Dann schilderte ich ihm meine Probleme. Er untersuchte mich sorgfältig und mir brannte eine Frage auf der Zunge, die ich ihm schließlich stellte. Ich fragte ihn, ob er sich noch an mich erinnern könne an das das Mädchen mit dem Arm, den sie sich immer wieder halb ausrenkte.

Diesmal sah er mich lange an und dann sagte er: „Mädchen, ich habe Sie nie vergessen. Und wenn Sie mir sagen, dass Sie Schmerzen haben, dann glaube ich Ihnen das und werde dafür sorgen, dass Sie schnellstmöglich einen Operationstermin bekommen!" Also doch wieder eine Operation! Aber das für mich Unfassbare war, dass er mir sofort glaubte. Er nahm mich endlich ernst und das war so ein beruhigendes Gefühl, nachdem er mir damals doch nie Glauben schenken wollte. Er ordnete eine neurologische Untersuchung an, um sicherzugehen, dass die Nervenbahnen nicht verengt waren. Aber danach würde die Operation stattfinden. Ja, erneut lag also ein Eingriff vor mir. Ich wünschte mir so sehr, dass endlich alles in Ordnung kommen möge.

Die Wartezeiten in der Orthopädie waren schon damals in den 1980er Jahre recht lang und so musste ich mich sechs Wochen gedulden, bis ein Bett frei wurde. Es war ein großer Unterschied im Vergleich mit dem alten Krankenhaus, denn die Zimmer hatten nur noch zwei oder drei Betten und alles war hochmodern. Ich bekam ein Zweibettzimmer und kaum, dass ich dieses bezogen hatte, kam auch schon die Narkoseärztin zur Besprechung. Gemeinsam gingen wir den Fragebogen durch. Dabei unterbreitete sie mir den Vorschlag, eine lokale Betäubung bei mir anzuwenden und fragte mich, ob ich damit einverstanden sei. Ja, warum nicht meinte ich und willigte ein, denn ich war froh, dass sie meinen Körper nicht so belasten würde, und außerdem war ich ja neugierig einmal „live dabei zu sein".

Am nächsten Tag ging es los. Man schob mich in den Operationstrakt, in einen Raum, der wie in einer Kantine an der Essensausgabe eine große Durchreiche hatte – iese öffnete sich bereits. Drüben auf der anderen Seite stand ein Pfleger und ich musste aus meinem Bett krabbeln und durch diese Öffnung hinübersteigen. Gott sei Dank war ich gelenkig und schon lag ich auf einer Trage. Im Nebenraum wartete der Narkosearzt. Er begrüßte mich lächelnd und erklärte mir, was er vorhabe. Da die Operation am Ellenbogen erfolgte, werde er mir jetzt eine Nadel, die an einem dünnen Schlauch befestigt war, vorn neben der Schulter unterhalb meines Halses unter die Haut in eine Vene schieben.

Kurz danach breitete sich im Oberkörper und dem ganzen rechten Arm ein Taubheitsgefühl aus. Der Arzt fragte, ob er mich duzen dürfe, weil ich ja so jung sei. Natürlich war das kein Problem für mich, es fiel mir sogar leichter, wenn er mich duzte. Er fragte nach meinem Alter, ich erklärte ihm, dass ich die dreißig schon überschritten hätte und so jung nicht mehr sei. Er sagte schmunzelnd, dass ich eben ein „Teenager Spätlese" wäre und da musste ich doch herzhaft lachen. Das fand ich amüsant und habe es bis heute nicht vergessen.

Mittlerweile spürte ich nichts mehr und war sehr gespannt, was passieren würde. Eine Schwester schob mich in den Operationssaal, wo die Ärztin vom Vortag mich in Empfang nahm. Jetzt wurde ich doch ein wenig nervös. Dadurch aber, dass ich nichts sehen konnte- sie hatten ja alles abgedeckt-, hörte ich nur ein Klappern von den Instrumenten. Die Ärztin überprüfte in der Zwischenzeit meine

Vitalwerte und unterhielt sich währenddessen ein wenig mit mir. Weil ich ja keine Schmerzen spürte, wurde ich richtig munter. Ich muss wohl sehr unterhaltsam gewesen sein, denn nach einer geraumen Zeit fragte mich der Operateur, ob ich nicht doch ein wenig schlafen möchte? Eigentlich wollte ich das nicht, denn das war alles so aufregend, aber die Narkoseärztin nickte mir lächelnd zu und so ergab ich mich meinem Schicksal. Zwei Wochen musste ich noch in der Klinik bleiben, aber dann ging es ab nach Hause.

Durch die lange Wartezeit, die Operation und die stationäre Behandlung mit anschließender Krankengymnastik vergingen mindestens drei Monate. In dieser Zeit war mein Prof. Hausmann in den Ruhestand gegangen und ich habe ihn nie wieder gesehen. Die Operation war erfolgreich verlaufen und ich war unendlich froh, alles gut überstanden zu haben. Aber irgendwie war ich ein richtiger Pechvogel, denn nach noch nicht mal einem halben Jahr traten erneute Beschwerden auf. Dieses Mal spürte ich sie im rechten Unterarm. Dort spürte ich einen stechenden Schmerz, sodass ich wieder einmal die Sprechstunde meiner Ärztin aufsuchte.

Im Wartezimmer waren schon alle Stühle besetzt, aber ich hatte Glück, denn ein Patient wurde gerade aufgerufen und ich konnte Platz nehmen. Ich hatte mir Gott sei Dank ein Buch in meine Tasche gesteckt und die lange Wartezeit verging recht schnell. Ich war so vertieft in den Roman, dass ich beinahe nicht mitbekommen hatte, dass mein Name aufgerufen wurde. Meine Ärztin begrüßte mich lächelnd und ich schilderte ihr die neuesten Beschwerden. Sie hätte mir ja gern geholfen, aber wegen meiner zahlreichen Operationen am Arm schrieb sie mir erneut eine Überweisung aus. Sie bat mich, nicht so lang zu warten und gleich einen Termin in der Orthopädie im Klinikum zu machen.

Und erneut fing alles von vorne an. Ich wollte nicht mehr ins Krankenhaus gehen, aber kein Weg führte daran vorbei. Ich hatte die Hoffnung, dass es dieses Mal nichts Schlimmes sei. Es wurde eine neurologische Untersuchung durchgeführt, die ergab, dass meine Nervenbahnen verengt waren. Der Neurologe, der die Untersuchung durchgeführt hatte, riet mir zu einer Operation. Mit diesem aufschlussreichen Befund suchte ich meine Ärztin auf. Ich glaube, ich tat ihr sehr leid, weil ich mich wieder operieren lassen musste. So langsam war es wirklich zum Verzweifeln, aber auch diesen Eingriff überstand ich. Jetzt reichte es aber und ich hoffte, dass ich nun endlich Ruhe hätte. Mein Arbeitgeber bewies eine Engelsgeduld mit mir und meinem Arm. Aber es sollten nicht einmal drei Monate vergehen, bis erneute Schmerzen auftraten.

Es war dieser plötzlich auftretende stechende Schmerz, fast an der gleichen Stelle des Unterarms, an der ich zuvor operiert worden war. Also machte ich mich erneut auf den Weg zu meiner Ärztin. Als sie mich ins Sprechzimmer bat und ich ihr von den neuen Problemen berichtete, stöhnte sie laut auf und barg ihr Gesicht in ihre Hände. In diesem Moment tat sie mir mehr leid als ich mir. Sehr frustriert schrieb sie eine erneute Überweisung aus und ein neuer Untersuchungstermin stand an. Diese Untersuchung ergab die gleiche Diagnose wie vor der vorherigen Operation. Eine neue Verengung hatte sich gebildet und ein weiterer Eingriff wurde erforderlich. Da ich wieder einmal ein paar Wochen auf ein Bett warten musste, ging ich in der Zwischenzeit trotz Schmerzen weiter zur Arbeit. So einen geduldsamen Chef, wie es meiner es war, trifft man bestimmt sehr selten. Und auch diesen erneuten Eingriff überstand ich glücklicherweise ohne Komplikationen. Jetzt endlich hatte ich es geschafft. Dank der Ärzte war ich nun endlich beschwerdefrei. Bei der Abschlussuntersuchung kam noch einmal der Chefarzt aus der orthopädischen

Abteilung zu mir, der sich wohl kurz vorher meine Krankenakte durchgelesen haben musste. Ob ich mir meine Beschwerden nicht eingebildet hätte, fragte er mich. Ich vermute, dass in meiner Krankenakte noch von Prof. Hausmann die seinerzeitige Diagnose „seelisch" enthalten war. Ich weiß es nicht und ich wollte es schlussendlich nicht mehr wissen. Ich weiß nur, dass ich mir diese Probleme nicht eingebildet hatte. Schließlich waren die späteren Befunde ja auch eindeutig. Wie konnte man dann noch solche dummen Fragen stellen? Doch diese Anschuldigungen, die mich immer verletzten, haben sich tief in meine Seele eingebrannt und waren für mein Selbstvertrauen Gift. Noch heute leide ich darunter.

ZWEITER TEIL

Die Jahre vergingen. Ich lernte meinen Ehemann kennen und zog zu ihm in die Lüneburger Heide, eine zauberhafte Landschaft, besonders, wenn die Erika blüht. Wenn ich am Abend zu Hause aus dem Fenster sah, konnte ich über die Felder schauen und ein nahe gelegener Wald gab dieser Idylle ein ganz besonderes Flair. Oft sah ich am Abend Rehe, die am Waldrand standen und friedlich ihr Futter suchten. Die Eingewöhnung fiel mir allerdings schwer, weil ich ein echtes Stadtkind war. Mir fehlte das rege Treiben der Großstadt und ich kam mit der Ruhe und der teilweisen Einsamkeit auf dem Land nicht zurecht. All meine Freunde fehlten mir sehr, besonders aber meine Eltern. Außerdem erwartete ich unser Baby und die Hormone fuhren Achterbahn. Aber mit der Zeit lernte ich, das Landleben zu schätzen und später zu lieben. Ich will nie mehr in einer Stadt leben!

Dann kam unser Töchterchen Alexandra zur Welt, „unsere kleine Heidschnucke", wie einer unserer Freunde sie nannte. Für sie hatte dieses Landleben einen großen Vorteil, denn zu uns gehörten auch vier Hunde, mit denen sie viel Zeit verbrachte. Das prägte sie und führte dazu, dass sie sich später bei der Berufswahl für die Tiermedizin entschied. Ich blieb die ersten Jahre zu Hause und kümmerte mich um unser Kind. Als sie aus dem Gröbsten heraus war - sie war gerade neun Jahre alt geworden -, erkrankte sie an Diabetes Typ 1. Mit dieser chronischen Erkrankung änderte sich unser Leben denn dieser Diabetes spielte in den ersten Jahren eine große Rolle bei uns. Und ein weiterer Umzug stand ins Haus, denn wir wollten hinauf in den hohen Norden.

Meine Schwiegereltern und mein Mann waren begeisterte Segler und besaßen damals eine große Yacht. Die Liebe zur See trieb uns nach Schleswig-Holstein an die Westküste der Ostsee, wo wir bis heute glücklich leben. Ein paar Jahre lebten wir in der kleinsten Stadt Deutschlands und bewohnten ein altes Fischerhaus. Es hatte vier uralte Rosenstöcke und strahlte eine unglaublich friedliche Atmosphäre aus. Unsere Tochter hatte hier die schönste Zeit und beendete erfolgreich mit Abitur die Schule. Sie lernte hier auch ihren Ehemann kennen. So leben wir hier oben in der Schlei-Region im Land zwischen den Meeren, und genießen die Landschaft und die See auch heute noch jeden Tag aufs Neue. Eigentlich brauchen wir nie in Urlaub fahren, denn das ist hier bei uns das Paradies.

Da ich nicht nur zu Hause sitzen wollte, nahm ich damals einen saisonalen Minijob an. Da die Zeit ins Land gegangen war und auch ich nicht jung blieb – ich hatte die 50 schon lang überschritten – hatte ich beim Gehen immer öfters Schmerzen in der rechten Hüfte. In unserer Region gibt es eine Spezialklinik mit angrenzender Rehaklinik – für mich mal wieder der passende Ort. Als die Beschwerden immer schlimmer wurden und ich vor Schmerz nicht mehr gehen konnte, suchte ich mir einen Orthopäden, denn ich wollte gerne wissen, was mich so quälte.

Nach einer sofortigen Röntgenaufnahme stand die Diagnose fest: Ein neues rechtes Hüftgelenk, sollte es diesmal sein. Ich hatte eine Hüftgelenksarthrose und der Arzt riet mir zu einer Hüftprothese. Wieder einmal stand ich nach langer Zeit vor einer Operation. Diese verlief zu meiner und der Ärzte vollsten Zufriedenheit und die anschließende Reha, die ich antrat, tat mir außerordentlich gut. Zu Hause bekam ich zusätzlich mehrere Monate Krankengymnastik und dabei lernte ich eine Thera-peutin kennen, mit der mich eine kleine Freund-schaft verband.

Da unser Töchterchen die Vorstellung hegte lang-sam aber sicher aus unserem Nest hüpfen zu wollen, aber ich nicht den Wunsch verspürte, mich von ihr abzunabeln, gab mir meine Therapeutin einen Rat. Es würde mir bestimmt guttun, wenn ich mir eine Beschäftigung suchte, die mir Spaß machte. Ich hätte dann wieder eine Aufgabe, unsere Tochter könnte unbehelligt das schützende Nest verlassen und diese Tätigkeit würde zudem mein Selbstwertgefühl steigern. Ich begann, ernsthaft darüber nachzudenken. Im Grunde genommen hatte sie ja recht.

Die neue Hüfte saß perfekt und ich fand tatsächlich nach kurzer Suche bei uns in der Nähe eine Stelle in einer Seniorenresidenz. Dort suchte man händeringend Mitarbeiterinnen und so wurde ich als Hauswirtschaftshelferin eingestellt. Ich war schrecklich stolz auf mich, diesen Schritt mit fast 60 Jahren noch zu wagen, und bestand die beiden Probetage mit Bravour. Ich passte dort inmitten meiner neuen Kollegen gut hinein. Es machte mir großen Spaß, das Probehalbjahr verging und man wollte mich behalten.

Es hätte immer so weitergehen können, wenn ja wenn nicht diese Schmerzen im rechten Knie gewesen wären, die mich nun zu quälen begannen. Denn bei meiner Arbeit musste ich viel stehen, laufen, schwer heben und Treppen steigen. Die Beschwerden wurden zunehmend schlimmer und ich war gezwungen, mich öfters bei der Arbeit hinzusetzen. Das Aufstehen tat aber auch so weh und wieder einmal suchte ich den Weg zum Orthopäden. Dieser schickte mich sogleich zum Röntgen. Die Aufnahmen zeigten, dass es nicht so gut um mein Knie stand; es sollte eine Knie-spiegelung vorgenommen werden. Der Arzt fragte mich, ob ich damit einverstanden sei. Missmutig willigte ich ein und ein paar Tage später ging ich erneut in die Spezialklinik.

Die Spiegelung führte mein Arzt selbst durch. Leider brachte sie keine Linderung und die Beschwerden wurden immer schlimmer. Ich holte mir zusätzlich eine zweite Meinung von einem anderen Orthopäden ein. Es wurde ein CT und auch ein MRT gemacht - das Endergebnis war niederschmetternd. Jetzt sollte ich auch noch ein neues Knie bekommen! Langsam hatte ich das Gefühl, ein Ersatzteillager zu werden. Ich war alles andere als glücklich über diese Diagnose, denn sie bedeutete für mich einen etwas längeren Ausfall auf meiner Arbeitsstelle. Und einmal mehr, suchte ich die ambulante Sprechstunde in der orthopädischen Klinik auf. Es wurde ein Operationstermin verein-bart, an dessen Ende ich um ein weiteres Stück Titan in meinem Körper reicher sein sollte.

Meine Schwägerin hatte das Jahr zuvor ein neues Knie bekommen und ich hatte gemerkt, wie schwer sie sich damit tat. Vor diesem Eingriff hatte ich ein mulmiges Gefühl, denn mein Operateur, Dr. Peters, erklärte mir schonungslos, dass die Schmerzen nach solch einem Eingriff stärker sein würden als nach der Hüftoperation. Bei der Voruntersuchung hatte man mich gefragt, ob ich in diesem Haus schon einen Operateur kenne. Falls ich wolle, werde man mich auf seine Warteliste setzen. Natürlich wollte ich, dass diese Operation von Dr. Peters durchgeführt würde, denn er hatte ja auch meine Hüfte erfolgreich behandelt. Jetzt lag ich also wieder im Krankenhaus und da auch meine Bettnachbarin an dem gleichen Tag ein neues Knie erhalten sollte, teilten wir unsere Angst, blickten aber dennoch zuversichtlich dem großen Tag entgegen.

Es war ein relativ kleines Krankenhaus und das Personal samt den Ärzten war sehr freundlich und ich fühlte mich gut aufgehoben. Das machte vieles leichter. Meine Bettnachbarin und ich überstanden unsere Operationen erfolgreich und nun sollte es wieder aufwärtsgehen. Ein lustiges Erlebnis hatte ich, als zum ersten Mal die Motorschiene zum Einsatz kommen sollte.

Es geschah gleich am ersten Tag nach der Operation. Leise klopfte es an der Tür und ein Mädchen betrat mit der besagten Motorschiene das Zimmer. Ich hatte solch ein Gerät noch nie gesehen, aber meine Schwägerin war schon in diesen Genuss gekommen und schwärmte in den höchsten Tönen davon – es sei so angenehm und entspannend. Jetzt war ich an der Reihe und freute mich schon. Das Mädchen war sehr jung und muss am Anfang ihrer Ausbildung gewesen sein. Das war mein erster Eindruck und ich glaube, dass ich mit dieser Vermutung vollkommen richtig lag. Sie begrüßte mich herzlichst und erzählte mir, was sie vorhatte.

Eine Motorschiene sieht aus wie eine Babywaage. Man legt das Bein hinein und die Therapeutin stellt die Gradzahl ein, mit der das Knie nun vorsichtig zu beugen wäre. Mit jedem Erfolg wird diese Gradzahl erhöht, bis das Knie ohne Schmerzen und Einschränkungen bis 90 Grad gebeugt werden kann. Zu allererst aber wollte sie mit Atemübungen beginnen. Sie war sehr konzentriert und ich folgte gewissenhaft ihren Anordnungen. Als wir gerade mitten im „Ein- und Auspusten" waren, öffnete sich die Tür und Dr. Peters kam ins Zimmer gestürmt, um sich nach meinem Befinden zu erkundigen. Wie es denn meiner Prothese gehe, wollte er wissen.

Die Therapeutin ließ sich durch sein Erscheinen nicht aus der Ruhe bringen, lächelte den Arzt an und fuhr mit ihrer Behandlung fort. Dr. Peters aber wollte an mein Bett treten, um mir zu zeigen, wie gut ich doch das Knie schon beugen könne. Nach ein paar Anläufen schaffte er es tatsächlich, zu mir vorzudringen und unsere Atemübungen zu unterbrechen. Nun konnte er sich selbst ein Bild machen, wie kooperativ das Implantat schon war. Nachdem er mit vollkommener Zufriedenheit gegangen war, stellte das Mädchen die von mir heiß ersehnte Motorschiene auf mein Bett. Sie bettete mein Knie in diese Schale und erklärte mir, was sie jetzt vorhabe.

Sie werde das Gerät in Bewegung bringen und schauen, wie viel Grad ich schon schaffte. Sehr konzentriert werkelte sie an der kleinen Maschine herum und wies mich an, schön entspannt liegen zu bleiben. In 30 Minuten werde sie oder ein Kollege wiederkommen, um die Schiene abzuholen. Sie strahlte mich noch einmal an und verschwand. Da lag ich nun entspannt und beobachtete mein Bein, ob es schon anfing, in die Beugung zu kommen. Aber die Motorschiene stand still und ich wartete. Nichts geschah und nach zehn Minuten klingelte ich nach einer Schwester in der Hoffnung, dass sie wüsste, wie das Gerät funktionierte. Sie kannte sich damit nicht aus und befreite mich kurzerhand davon. Das Gerät machte noch immer keinen Mucks.

Nach einiger Zeit erschien ein Therapeut, um das Gerät für den nächsten Patienten abzuholen. Als er schon an der Tür stand, bat ich ihn, seiner Kollegin auszurichten, dass sie mir zwar alles gut erklärt habe, die Motorschiene aber an diesem Vormittag wohl zu faul zum Arbeiten gewesen sei. Er sah sich die Motorschiene kurz an, dann erklärte er mir lächelnd, dass wohl jemand vergessen habe die Maschine einzuschalten.

Nach einer Woche ging es nun in die Reha. Die Einrichtung war toll organisiert und ich verbrachte dort angenehme Tage. Das alles erinnerte mich an einen großen Ameisenbau. Auf den Stockwerken und auf den Gängen wimmelte es nur so von Patienten und Therapeuten. Fast jeder Patient trug einen kleinen Rucksack auf dem Rücken oder einen Beutel in der Hand, worin sich Therapieplan, Wasserflasche und Handtuch befanden, die man zur Behandlung mitbringen sollte. Jeder hastete, humpelte oder schlich auch manchmal zu seinen Anwendungen. Es war ein Kommen und Gehen. Wenn man vor den Behandlungsräumen warten musste, ergab sich immer wieder Zeit für mancherlei Gespräch. Diese Reha-Einrichtung war eine kleine Welt für sich. Die Patienten waren dort in eine Gemeinschaft eingebettet, in der alle in einem Boot saßen. Fast immer ging es um Knie und Hüfte. Wir hatten die gleichen Probleme und das schweißte zusammen.

Auch hier in der Reha war die Motorschiene präsent und fast jeden Tag wurde sie von mir in Anspruch genommen. Ein Erlebnis war besonders amüsant: Da man ja mindestens die 90 Grad erreichen sollte, lagen wir in alle in Reih und Glied im Behandlungsraum, wie die Ölsardinen in der Büchse, und unsere Knie bewegten sich wie bei einem französischen Can-Can in Zeitlupe. Plötzlich klingelte das Telefon und die Therapeutin meldete sich mit den Worten: "Hier Motorschiene Katrin!" Zuerst war es mucksmäuschenstill im Raum, auf einmal fing meine Nachbarin an lauthals zu lachen. Das war so ansteckend, dass wir schließlich alle mit lachten. Wir stellten uns gerade vor, wie die Motorschiene Namens Katrin ans Telefon ging. Jedenfalls hatten wir alle riesigen Spaß und das war für die Genesung ja auch wichtig!

Die Gruppentherapie war unterhaltsam und lehrreich. Zu Beginn der Gymnastik wurde ein Lied angespielt, meistens der Song „Everlasting Love" von der Gruppe Love Affair. Da standen wir, alle im Kreis versammelt und fingen an, nach der Musik zu tanzen, so gut es ging. Na ja, tanzen wollte jeder gern dazu, wenn doch die Hüfte und das Knie nur willig gewesen wären! Im Erdgeschoss befanden sich der große Speisesaal und eine Cafeteria, in der sich die Patienten am Nachmittag nach überstandenen Qualen mit Cappucino, Torten und Eisbechern verwöhnen konnten. Man brauchte schließlich etwas für die Seele, denn jeder hatte ja schon so einiges mitgemacht. Wer neu in der Reha angekommen war, meldete sich zur Mittagszeit im Speisesaal, nannte seinen Namen und bekam dann einen Platz zugewiesen, den er immer nutzen konnte.

Es waren meist Vierertische und man traf sich zu den Mahlzeiten. Es kamen neue Patienten dazu, die anderen gingen nach Hause und so wurde es nie langweilig. Die Ärzte und das Personal waren alle lieb und nett und wer gerne verlängern wollte, konnte das fast immer problemlos tun. Ein vielseitiges Programm wurde angeboten, von Schwimmen bis Fitness, alles, was Herz und Körper begehrten. Die therapeutischen Maßnahmen waren ausreichend, aber auch teilweise sehr anstrengend und wer sein Pensum am Nachmittag absolviert hatte, konnte auf dem Gelände spazieren gehen oder hinunter zum Ostseestrand, der nicht weit entfernt lag. Der Ort ist für die Patienten, aber auch für Urlauber ein Paradies. Am schönsten fand ich die Sonnen auf- und Untergänge. Ich hatte oben im siebenten Stock ein schönes Zimmer mit Blick auf das Meer.

Man verbrachte auch eine Menge Wartezeit vor den Fahrstühlen und wenn dann einer kam, war er oft bereits überfüllt und man musste auf einen anderen warten. Gott sei Dank gab es davon aber genug und wir „Rehabilitaner" trugen das alles mit Fassung. Es wurde auch nie langweilig, weil man dadurch neue Bekanntschaften schließen konnte. So war die Freude immer groß, wenn man sich einmal wieder an den Fahrstühlen zu einem Klönschnack treffen konnte.

Interessant waren auch die Seminarvorträge, die im Behandlungsprogramm wichtig waren. Besonders einen Seminartermin ließ ich mir nie entgehen. Ein alter eingesessener Physiotherapeut hielt einen Vortrag über Endoprothesen. Dieser Therapeut war sensationell, wir Zuhörer amüsierten uns immer köstlich. Er hielt seine Vorlesung temperamentvoll und „unter anderem" war er derjenige gewesen, der uns vorschlug, unserer Endoprothese einen Namen zu geben. Man solle aber in der Öffentlichkeit, wenn man sich mit seiner Prothese unterhalten wollte, darauf achten, dass dies nicht auffällig geschah; ein Außenstehender, der das vielleicht mitbekomme, könne falsche Schlüsse daraus ziehen und womöglich denken, man hätte ein paar Schräubchen locker im Oberstübchen. Dies war wieder so eine lustige Erfahrung, die ich in dieser Zeit machte.

Die Patienten kamen von weit her, um ihre Reha hier im hohen Norden durchführen zu können. Wer schon gut zu Fuß war, konnte durch den Ort oder hinunter zum Hafen laufen. Es gab genug Einkaufsmöglichkeiten, einen Friseur, einen kleinen Einkaufsladen und eine Boutique, in der man sein Geld lassen konnte. Es war alles für Patienten und Urlauber gut organisiert.

Im Schnitt dauerte eine endgültige Heilung, mit Krankengymnastik beim Knie ein halbes bis zu einem Jahr. Eine Kollegin aus der Pflege hatte diese Operation vor einem halben Jahr hinter sich gebracht und konnte schon wieder arbeiten. Aber bei mir lief es nicht so gut. Ich hatte ein „Schraubstockgefühl" um das ganze Knie und fast immer Schmerzen. Zu allem Überfluss war das Knie oft überwärmt. Das Gehen fiel mir noch schwer und die Streckung klappte nicht. Beim Treppabgehen hatte ich ebenfalls große Probleme.

Die Corona-Zeit begann und unsere Tochter wollte im Frühjahr 2020 heiraten. Das war ein Vierteljahr nach meiner Knieoperation. Diese Hochzeit sollte aufgrund der erlassenen Beschränkungen nur im kleinsten Kreis gefeiert werden und damit meiner Tochter den Rahmen der kirchlichen Trauung nehmen, den sie sich so gewünscht hatte.

Meine damalige Therapeutin fragte mich, was ich mir für ein Ziel gesetzt hatte. Ich erzählte ihr von der bevorstehenden Hochzeit und dass ich gern einmal mit meinem Schwiegersohn tanzen würde, wenn das Knie es denn zuließe. Gut, es gab dann keinen Tanz, aber das Knie ließ mich trotzdem nicht in Ruhe. Trotz allem war es ein wunderschönes Fest. Der Sommer ging mit Schmerzen vorbei und im Herbst suchte ich abermals den Orthopäden auf, um ihm zu berichten, wie es mir in der Zwischenzeit ergangen war und dass kaum Besserung eingetreten war. Er ordnete an, ich solle in der Klinik noch einmal vorstellig werden. Und wieder einmal wurde ein Termin für das Krankenhaus vereinbart.

Mein Operateur Dr. Peters untersuchte mich. Er war nicht begeistert, dass es mir mit meiner

Endoprothese noch nicht gut ging. Er ordnete vorsichtshalber eine weitere Kniepunktion an, danach sollte ich wieder bei ihm vorstellig werden. Es könne auch sein, meinte er plötzlich, dass ein anderer Kollege sich meiner annehmen werde, aber er wisse das zu diesem Zeitpunkt noch nicht so genau. Dr. Peters jedenfalls ging erst einmal in seinen wohlverdienten Urlaub. Nach drei Wochen und einer unangenehmen Punktion war ich wieder zur Besprechung da. Ich war voller Unruhe, als ich im Warteraum saß, und lauschte immer auf die Stimmen im Flur, ob ich nicht meinen Operateur heraushörte. Doch ein anderer Arzt rief mich auf. Na toll, dachte ich, jetzt bekomme ich wieder einen neuen Doktor! Aber ich konnte es mir ja nicht aussuchen. Im Nachhinein stellte sich jedoch heraus, dass es mein größtes Glück war, dass er nun mein behandelnder Arzt wurde.

Er hieß Dr. Wolff und besaß eine respektable Größe. Aber er war lieb, nett und sehr sympathisch. Er sah sich meine Befunde an, untersuchte mich und erklärte mir dann, dass ich so kleine Knochen hätte und ein Prothesenwechsel in diesem Fall höchstwahrscheinlich angebracht wäre. Später erfuhr ich, dass er der Chef der Klinik war und Spezialist im Auswechseln von Prothesen. Dr. Wolff sagte, dass er erst einmal nachsehen wolle, was da in meinem

Knie los sei. Gleichzeitig bat er mich aber um meine Einwilligung, falls eine neue Endoprothese eingesetzt werden müsse. Was solls, dachte ich, auf eine Operation mehr oder weniger kommt es jetzt auch nicht mehr an. Mittlerweile war ich ja in dieser Hinsicht eine „alte Häsin".

Ein paar Wochen später war es dann mal wieder so weit. Ich hatte in der Zwischenzeit physiotherapeutische Anwendungen bekommen und mich seelisch auf den erneuten Eingriff vorbereitet. Wenn man erst einmal den Termin der bevorstehenden Operation weiß, kreisen die Gedanken immer nur um dieses Datum und man hofft und betet, dass alles wieder gut verläuft. Nun muss man ja vor jeder Operation zur Narkosebesprechung und ich hatte bislang immer die gleiche Ärztin. Das dritte Mal schon würde sie mich nun bei der Operation betreuen. Sie war mir schon vertraut und wie alles ablief, wusste ich ja bereits.

Mein Mann war allerdings nicht begeistert, dass schon wieder eine Operation mit darauf folgender Reha anstand. Nun, es war mein Körper und meine Entscheidung und ich hatte bereits so viel mitmachen müssen, dass ich mir in dieser Sache nichts ausreden ließ. Im Grunde genommen verstand ich ihn ja – er hatte Angst um mich. Aber so ging es doch nicht weiter! Schließlich hatte ich ja zu diesem Zeitpunkt einen Arbeitsplatz, aber da ich nicht laufen konnte, behinderte mich vieles.

Es blieb mir keine Wahl: und ich wollte diesen Eingriff hinter mich bringen, denn ich hatte nur noch den Wunsch, beschwerdefrei laufen zu können. Ich allein musste doch mit dem Knie leben, und niemand konnte es mir abnehmen. Ich bekam schon wieder das bedrückende Gefühl, vom nicht verstanden zu werden. Ein prägendes Erlebnis hatte ich an einem wunderschönen, strahlenden Herbsttag. Da ich am Rande eines Dorfes wohne, führen die Wege über Felder und durch einen nahe gelegenen Wald, der hinunter zum Sund führt. Bei einem Spaziergang merkte ich zu meinem Schrecken, dass mich eine Weinbergschnecke überholte. Ihr weißes Häuschen leuchtete im Sonnenschein, und war schon nach kurzer Zeit nicht mehr zu sehen. Da stimmte doch etwas nicht!

Die nächste stationäre Aufnahme erfolgte und am Tag darauf sollte bereits die Operation stattfinden. Mein lieber Dr. Wolff kam am Vorabend zu mir und ich sagte ihm gleich, dass er bitte erst einmal nachschauen solle, was da im Knie los sei, bevor er die Auswechselung anging. Er nickte schmunzelnd und versprach, meinem Wunsch zu entsprechen.

Diese Auskunft beruhigte mich, denn ich hatte vollkommenes Vertrauen zu ihm. Er strahlte eine unglaubliche Ruhe und Besonnenheit aus, das ist für einen Patienten sehr wichtig.

Nun war wieder einmal der große Tag gekommen. Bevor es losging, schob man mich im Operationsbereich zur Vorbereitung in eine Nische, wo die Kanüle für die Narkose gesetzt und ein Tropf angeschlossen wurde. Meine Ärztin war schon da und erklärte mir, dass höchstwahrscheinlich eine Auswechslung bevorstand. Sobald ich schliefe, würde sie mir zur Sicherheit einen Katheter legen.

Einen Katheter? Moment mal, das war das Letzte, was ich wollte, das kam überhaupt nicht in Frage. Einen Katheter, oh bitte nicht! Und ich fing vor lauter Angst an zu weinen, denn ich hatte schon einige Male viel Negatives darüber gehört. Unser Nachbar, der einige Monate zuvor eine neue Hüfte bekommen hatte, konnte Storys davon erzählen und dass es besonders weh tue, wenn man den Katheter wieder herausziehe. Ich bilde mir ein, ein tapferes Mädchen zu sein, aber mit der Zeit und nach den vielen Operationen, die ich bis dahin schon über mich ergehen lassen musste, war ich mittlerweile sehr dünnhäutig geworden.

Aber die sonst so liebe Ärztin war in diesem Punkt resolut und erklärte mir, warum man das bei einem längeren Eingriff machen müsse. Mein Einsehen war nicht allzu groß und ich sagte ihr, mit der Hoffnung in meinem Herzen, dass es nur ein kleiner Eingriff werden würde, dass sie möge Dr. Wolff einen lieben Gruß bestellen, und er doch bitte erst einmal nachschauen solle. Aber die Zeit drängte, und es wurde überhaupt nicht mehr diskutiert und ich ergab mich meinem Schicksal. Als ich aufwachte, stand meine Narkoseärztin bereits am Bett und sagte sogleich, dass ausgewechselt und der Katheter gelegt war. Wenn alles weiter so gut laufe, werde er morgen früh aber gleich wieder entfernt werden. Damit war das Thema erledigt.

Im Nachhinein war ich ihr sogar dankbar, denn durch diesen Katheter hatte ich die erste Nacht Ruhe. Ich musste nicht wie meine Bettnachbarin, die ja auch ein neues Knie bekommen hatte, mit Hilfe einer Schwester zur Toilette gehen. Denn das Aufstehen war schmerzhaft, trotz der vielen Medikamente. Mein lieber Operateur erzählte mir dann am nächsten Morgen, er habe, da ich ja nun schon mal bei ihm auf dem Tisch gelegen hätte, die Auswechslung für nötig gehalten und dass er hoffte, dass sich dieses Mal alles zum Guten wenden würde.

Es lag bestimmt nicht an den Ärzten, dass ich auch nach dieser Operation und der anschließenden Reha noch nicht beschwerdefrei war. Alles war wie vor der Operation und ich zweifelte wieder einmal an mir selbst. Dr. Wolff hatte wirklich alles Erdenkliche für mich getan, sich allergrößte Mühe gegeben, aber das vermaledeite Schraubstockgefühl blieb. Das Knie war wie zuvor geschwollen und überwärmt und ich fing wieder bei null an.

Später stellte sich dann heraus, dass ich unter Arthrofibrose litt, Verwachsungen, die mein Körper produzierte. Diese hatten sich festgesetzt. Sie verursachten meine Schmerzen und das Schraubstockgefühl, wodurch ich diese Schwierigkeiten hatte. Dagegen waren selbst die Ärzte machtlos. Da fiel mir wieder die Diagnose von Prof. Hausmann ein, der damals bei meiner ersten Oberarm-Operation außer Verwachsungen nichts hatte feststellen können.

Die Monate vergingen, ich humpelte weiter und es war zum Verrücktwerden mit dem Knie. Ich war schon über ein Jahr krankgeschrieben und machte mir langsam Sorgen, wie ich denn so arbeiten sollte.

Was ich aber als sehr gut und auch beruhigend empfand, war, dass ich Dr. Wolff jederzeit eine E-Mail schicken konnte, wenn ich Probleme oder Fragen an ihn hatte. Diese beantwortete er zu 96,5 % noch am gleichen Tag. Als ich ihm eines Tages mein Leid klagte und ihn fragte, ob er nicht vielleicht einen „Plan B" hätte, teilte er mir mit, dass er mich gern nochmals stationär aufnehmen wolle.

Aber auch diese Woche Aufenthalt brachte mir wenig. Ich hatte Gespräche mit dem Stationsarzt und es wurde wieder einmal eine schmerzhafte Kniepunktion durchgeführt. Ich bekam jeden Tag Krankengymnastik und wurde außerdem in ein anderes Krankenhaus gefahren, wo ein CT angefertigt wurde, Gott sei Dank ohne Befund. Leider hatte Dr. Wolff von meiner Woche Aufenthalt in seiner Klinik nichts mitbekommen, aber alles war so weit in Ordnung und meine Endoprothese saß glücklicherweise gut. Nach dieser Woche ging ich also wieder nach Hause. Ein paar Tage später schrieb ich Dr. Wolff nochmals eine E-Mail mit der Frage, wie es denn nun weitergehen solle?

Er antwortete sogleich, er werde mich am Nachmittag anrufen. Bei diesem Telefongespräch entschuldigte er sich zuerst bei mir, dass es nicht bis zu ihm vorgedrungen war, dass ich auf seine

Station gelegen hatte und ihm das unendlich leidtat. Er hätte mich gern gesehen und mit mir persönlich gesprochen. Entgegen „meiner bisherigen Erfahrungen", war ich es überhaupt nicht gewohnt, dass ein Arzt sich bei mir entschuldigte, daher war mir seine Entschuldigung sehr unangenehm. Für ihn war das jedoch die selbstverständlichste Sache der Welt. Ich hätte mir damals sehr gern eine Entschuldigung von Prof. Hausmann gewünscht und dass er sich auch ein wenig mehr Mühe gegeben hätte, so wie es Dr. Wolff getan hatte.

Wir verblieben so, dass ich mich melden solle, wenn es nicht besser würde. Aber es änderte sich nichts. Ich bekam weiter Physiotherapie und die Behandlung tat mir gut, aber wegen der Arthrofibrose brachte sie unter dem Strich nicht viel. Nach einem weiteren Gespräch mit Dr. Wolff und einer erneuten Untersuchung wurde ich drei Monate später schon wieder zur Operation aufgenommen.Mein Mann verstand die Welt nicht mehr. Das konnte doch alles nicht wahr sein! Gott sei Dank lag das Krankenhaus nur knapp 20 Kilometer von meinem Zuhause entfernt, sodass ich bequem den Bus nehmen konnte, der mich fast bis zum Eingang der Klinik brachte. Mein Mann hätte mich gerne gefahren, doch ich war so angespannt, dass ich mit meinen Gedanken allein sein wollte.

Bei diesem neuerlichen Eingriff wurden die Verwachsungen entfernt und Dr. Wolff setzte mir bei der Gelegenheit, da ich ja nun schon einmal da war, ein neues Inlay mit Festsetzung eines Verriegelungsbolzens ein. Da mein Mann unter anderem auch gelernter Handwerker ist und wieder einmal unter seinem Auto lag, bot ich ihm scherzhaft an, falls er mal ein Schräubchen brauchte, könnte ich ihm ja aushelfen. Er war erstaunt, was sich mittlerweile für mechanische Kunstwerke in meinem Körper befanden, und bot mir an, bei weiteren Problemen mit dem Knie gleich in seine gut ausgestattete Werkstatt zu kommen. „Wenn ich alte Autos zum Laufen bekomme", und dabei schmunzelte er, „kriege ich auch das bestimmt noch hin."

Zwei Wochen musste ich auf der Station bleiben, wo ich auch gleich weitere Rehamaßnahmen bekam. Meine Hoffnung war, dass es jetzt endlich besser werden würde. Beim Abschlussgespräch vor meiner Entlassung, fragte mich der Stationsarzt, ob ich Probleme hätte und ob ich seelisch im Gleichgewicht sei. Er fragte mich auch, ob ich vielleicht zu oft an mein Knie dächte, also meine Gedanken zu sehr auf das Knie fokussieren würde.

Ich ahnte sofort, worauf er mit dieser Frage hinaus wollte und machte ihm sehr energisch klar, dass ich keinerlei Probleme hätte und mir das bisherige nicht einbildete. Warum nur kamen immer wieder diese Fragen? Sie hatten doch schwarz auf weiß im Operationsbericht vorliegen, was mich belastete. Weder war es damals seelisch noch dieses Mal. Mit diesem Entlassungsbericht fand ich mich ein paar Tage später bei meinem Hausarzt ein, weil ich weitere Krankengymnastik brauchte, die er mir verschreiben sollte. Als er sich den Befund durchgelesen hatte, machte er es sich in seinem Sessel bequem, schaute mich an und fragte so ganz beiläufig, wie es mir gehe und ob ich irgendwelchen Kummer mit mir herumtrüge?

Ich hätte zu gerne gewusst, warum er mir diese Fragen stellte. Eine Ahnung hatte ich ja, aber das hatte er bis jetzt noch nie gefragt. Ich war es langsam leid, mir das immer anhören zu müssen und lächelte ihn an mit den Worten, er möge mir solche Fragen nie wieder stellen. Vielleicht hätte jeder andere Patient sich über diese Anteilnahme gefreut und sich keine allzu großen Gedanken gemacht. Aber da ich mit dieser Art von Fragen und Unterstellungen schon so oft konfrontiert worden war, reagierte ich mittlerweile sehr empfindlich.

In der Zwischenzeit bat ich auf meiner Arbeitsstelle, das Arbeitsverhältnis solle mit beiderseitigem Einverständnis aufgehoben werden, da ich mit dem Knie nicht mehr die erforderliche Leistung erbringen könne. Der erste Kommentar meiner Chefin am Telefon lautete: Ja, ich habe erfahren, dass du aufhören möchtest und lieber Arbeitslosengeld beziehen willst, als zu arbeiten. „Was zum Teufel hat die denn geritten", fragte ich mich verärgert.

Das war unglaublich und ich war sehr enttäuscht. Ich habe dort wirklich gern gearbeitet und mein Mann hatte oft mit mir geschimpft, weil ich meist bereits eine Stunde vor Arbeitsbeginn vor Ort war, aus Sorge mein Pensum nicht erfüllen zu können. „Hast Du dir mal überlegt", fragte er mich, „wie viel Zeit du denen im Monat unentgeltlich zur Verfügung stellst?" Grundsätzlich verstand er meine Beweggründe, aber es ärgerte ihn, dass eine einzige Person so viel Arbeit zu erledigen hätte. Das war ja auch im Grunde genommen eine Stelle für zwei Arbeitnehmer.

Die Vorhaltungen meiner Chefin taten mir sehr weh, denn ich war nicht faul gewesen. Im Gegenteil, die Tätigkeit hatte mir großen Spaß gemacht und mit Stolz erfüllt. Die Reaktion meiner Chefin war unangemessen und in meinen Augen einfach nur boshaft. Trotz allen Ärgers verlief die Kündigung am Ende reibungslos und wir trennten uns doch noch im Guten.

Die Monate zogen ins Land und die erhoffte Besserung trat nicht ein. Zweimal die Woche fuhr ich mit dem Bus zur Gymnastik. Das Sitzen im Bus war ganz schön schmerzhaft, weil ich mein Bein nicht ausstrecken konnte, aber das war noch das kleinste Übel. Meine damalige Physiotherapeutin sagte eines Tages zum Spaß, dass wir mein Knie „taufen" könnten. Es solle einen Namen erhalten, damit ich das Gefühl bekäme, dass die Endoprothese zu mir gehöre. Ich glaube, es war wieder einer ihrer Versuche, mich psychisch aufzubauen. Beim nächsten Termin brachte ich daher zwei Pappbecher und eine Piccoloflasche alkoholfreien Sekt mit. Damit wollte ich die Taufzeremonie eröffnen.

Meine Therapeutin schaute ganz verdutzt und fing an zu lachen Dann überlegten wir, wie wir das Knie nennen wollten. Ich entschied mich für den Namen Susi, weil mein armes Knie manchmal eine „Heulsuse" sein konnte, wenn es wieder so arg zwickte und schmerzte. Damals, nach der Auswechslung der ersten Endoprothese, hatte ich anschließend in der Reha, eine Anwendung erhalten und meine für mich zuständige dortige Therapeutin und ich sprachen über die Operation. Mit einem Mal wurde ich traurig und fing während der Behandlung an zu weinen. Der Grund meiner Traurigkeit war, dass ich meine erste Endoprothese wieder hergeben musste. Ich konnte mich in diesem Moment selbst nicht verstehen, es tat mir aber seelisch so weh. Doch jetzt hatte ich ja meine „Susi"!

Aus psychologischer Sicht ergibt es einen Sinn, wenn das Knie einen Namen erhält, denn vielleicht würde ich es dann besser annehmen. Warum nicht, dachte ich und machte diesen Spaß mit. Man hatte uns ja auch in der Reha schon vorgeschlagen, dem Knie oder der Hüfte einen Namen zu geben, um so diesen „Fremdkörper," der er ja letztendlich war, zu akzeptieren und zu versuchen, mit ihm zu leben. Er gehörte jetzt nun einmal zu mir und sollte mir das Leben ja erleichtern. Es gibt mit Bestimmtheit Außenstehende, die darüber nur lächeln, aber für mich ergibt es einen positiven Sinn.

So lebte ich mit meiner Susi und die Zeit verging, aber es trat weiterhin keine Besserung ein. Susi fühlte sich in dem noch immer stark erwärmten Gewebe auch nicht so recht wohl, was eine deutliche Schwellung erkennen ließ, denn die Verwachsungen hatten sie eingeengt. So bat ich abermals Dr. Wolff um ein Gespräch. Doch diesmal wollte er noch einige Zeit abwarten. Eine alternative Behandlung konnte er mir im Moment ohnehin nicht mehr anbieten.

Dr. Wolff ist ein Kämpfer und er lässt nichts unversucht, um seinen Patienten zu helfen. Er ist kein Arzt, der schnell aufgibt, das rechne ich ihm hoch an. Genau so hatte ich ihn eingeschätzt. Ich war in all den Monaten zwischenzeitlich zu einem Orthopäden gegangen, der bei uns im Ort eine Praxis hat. Als ich ihm von meinen Problemen erzählt hatte, hatte er nur zum Schluss gemeint, wenn nichts bis jetzt bei Ihnen geholfen hat, dann müssen Sie eben damit leben. Na, mit dieser Aussage kann man es sich leicht machen.

So wartete ich eine Zeitlang ab, aber als ich spürte, dass meine Beschwerden nicht nennenswert besser wurden, bat ich abermals um einen Termin bei Dr. Wolff. Nun saß ich wieder vor ihm und er zerbrach sich den Kopf, wie er mir helfen könne, denn er war mittlerweile ratlos. Ich weiß, dass ich bei fast allen Gesprächen, die ich mit ihm führte, immer wieder anmerkte, dass die Ursachen keine seelischen seien und ich mir das alles nicht einbilde. Oh ja, mein damaliger Professor hatte ganze Arbeit geleistet!

Nachdem er eine ganze Weile überlegt hatte, machte er mir den Vorschlag einer erneuten Auswechslung der Endoprothese. Die jetzige werde durch eine mit kleineren Komponenten ersetzt, wodurch sich die Fibrose nicht ausbreiten könne. So ungefähr, erklärte es mir mein Arzt. Lieber Herr Dr. Wolff, sollten Sie die Zeit finden, dieses Buch zu lesen, sehen Sie es mir bitte nach, dass ich es so aufschreibe, wie ich es damals verstanden habe. So lag also noch eine Operation vor mir und das war eine schwere Entscheidung. Schlussendlich stimmte ich wieder einmal zu.

Dr. Wolff beschloss jedoch mit der Operation noch mindestens drei Monate zu warten, bis die Überwärmung des Knies abgeklungen sein würde. Vorher sollte allerdings eine erneute Kniepunktion erfolgen, um sicherzugehen, dass sich keine Bakterien angesammelt hatten. Ich verstand meinen Arzt sehr gut, denn er musste sichergehen, dass im Knie alles in Ordnung war. Oh, wie hasste ich diese Punktion, sie tat weh, aber ich war ja tapfer und brachte diese Tortur hinter mich. Ich absolvierte weiterhin meine Krankengymnastik, aber glücklich war ich mit diesem Zustand selbstverständlich nicht. Es besserte sich auch nichts, und mein Wunsch, beschwerdefrei zu laufen, schien in weiter Ferne zu liegen.

Zwei Monate später fand ich mich wieder bei Dr. Wolff ein. Jetzt sollte die Operation bald stattfinden. Am allerschlimmsten sind immer die Wartezeiten bis zum OP-Termin. Man weiß, dass bald operiert wird und fragt sich ständig, ob die Operation dieses Mal den gewünschten Erfolg bringen wird. Das ewige Warten machte mich völlig fertig. Außenstehende, die davon nicht unmittelbar betroffen sind, haben immer einen guten Rat zur Hand. Jeder hat verschiedene Vorschläge und Meinungen oder hat andere Erfahrungen gemacht. Und dann folgt immer die Belehrung, man hätte es doch so oder so machen müssen.

Es gibt jedoch leider Menschen, die den Fehler stets bei den Ärzten suchen, was mich jedes Mal auf die Palme bringt. Was kann ich von einem Arzt verlangen, der all seine Kraft, seine Fähigkeiten und sein ganzes Können in seine Arbeit steckt – der sich den Kopf zermartert, wie er mir nur helfen könne? Dr. Wolff erzählte mir einmal, dass er in seiner ganzen Laufbahn höchstens zwei oder drei Patienten gehabt hätte, denen er nicht helfen konnte. Das glaube ich ihm bis heute und wusste schon damals, dass ich niemals die Nummer vier auf dieser Liste werden würde.

Jetzt war der Tag der Aufnahme endlich da, die Operation stand an. Zuerst Blut abnehmen, wiegen, messen und Formulare ausfüllen. Eine sympathische Mitarbeiterin, die mich in ihr Büro mitnahm, hatte sich den Krankheitsverlauf zuvor durchgelesen und war entsetzt, was alles schon bei mir „repariert" wurde. Sie sah mich an und fragte, warum ich über all meinen Operationen und Erfahrungen nicht ein Buch schriebe, wo ich doch bereits so viel durchgemacht hatte. In der Tat hatte ich darüber schon das eine oder andere Mal nachgedacht, denn ich hatte ja wirklich so einiges erlebt und wie es aussah, sollte die Geschichte auch noch nicht zu Ende sein.

Trotz aller Diagnosen stellte man mir immer wieder die Frage, ob es nicht vielleicht doch eine psychische Ursache gab – ob ich mir nicht insgeheim Gedanken machte, was dazu führte, dass mein Körper das künstliche Gelenk nicht annehmen wollte, obwohl die Endoprothese doch genau so saß, wie es sein sollte. Ein gutes Beispiel hierfür war das Gespräch mit einer Narkoseärztin an diesem Tag.

Als ich zur Narkosebesprechung aufgerufen wurde, begrüßte mich eine nette Ärztin; leider nur war es nicht die mir so „Vertraute". Als ich ihr

Sprechzimmer betrat, lag vor ihr der von mir ausgefüllte Patientenfragebogen. Da ich ja schon etliche Operationen in meinem Leben hinter mich gebracht hatte, musste ich ein zusätzliches Blatt beiheften, denn der Platz reichte auf diesem Formular überhaupt nicht aus. Dann machte die Ärztin eine Bemerkung, die ich zuvor noch nicht gehört hatte. „Also, wie ich es hieraus ersehen kann", meinte sie, „haben Sie ja ein sehr ungewöhnliches Hobby." Ich schaute sie erstaunt an, denn ich wusste nicht, was sie mir damit sagen wollte. „Na, ihr Hobby scheinen ja Operationen zu sein, so oft wie Sie schon operiert worden sind!" Ich war erst einmal völlig sprachlos und das will bei mir schon etwas heißen. Ich fand für meine Gefühle keine passenden Worte und wusste nicht, wie ich reagieren sollte.

So schaute ich sie nur entsetzt an und fragte, ob das schwarzer Humor oder ernst gemeint gewesen sei „Nein", erwiderte sie, „das war schwarzer Humor, denn es tut mir leid, was Sie schon alles so ertragen mussten!" Sie klärte mich auf, dass mit großer Wahrscheinlichkeit eine Auswechslung erforderlich sein würde und dass sie mir einen Zugang legen müsse. Die passenden Blutkonserven lägen schon bereit und es könnte sein, dass ich die erste Nacht auf der Intensivstation werde verbringen

müssen, aber das alles werde man vor Ort entscheiden. Sie wollte auch auf ihrem Operationsplan
nachsehen, ob an diesem Tag meine mir vertraute
Ärztin Dienst habe; in diesen Fall werde diese mich
durch die Operation begleiten. Als das Gespräch
beendet war, kam zum Schluss die Untersuchung
durch einen Orthopäden. Innerlich war ich von
dem vorangegangenen Gespräch sehr aufgewühlt
und hatte auf einmal richtig Angst vor dem erneuten Eingriff. Was würde da alles auf mich zukommen? Körperlich würde ich auch das schaffen,
aber meine Nerven waren zum Zerreißen gespannt.

Zum Schluss dieser vorbereitenden Odyssee saß ich
vor einem der behandelnden Orthopäden der
Klinik. Wir unterhielten uns darüber, was Dr. Wolff
vorhatte. Ich erklärte ihm, dass die Fibrose mein
Hauptproblem sei und dass durch diese erneute
Auswechslung vielleicht eine Chance bestehe, keine
Fibrose mehr zu bekommen. Ich wartete gespannt
auf seine Antwort. Der Arzt beruhigte mich und
schaute auf seinen Operationsplan. Er sei bei diesem Eingriff dabei und Dr. Wolff werde genau ab-
wägen, was am sinnvollsten für mich sei – so
verstand ich es damals jedenfalls, aber ich bin Laie
und kann es hier nur so schildern. Ich glaubte fest
daran, dass „nur" eine Entfernung oder Verödung

der Verwachsungen durchgeführt werden müsse, weil meine „Susi" doch bombenfest saß.

Nach dieser Unterhaltung ging es mir seelisch schon etwas besser und ich nahm mir fest vor, später mit meinem Doktor darüber zu sprechen. Meistens kam der Arzt, der operieren würde, am Vortag der Operation noch zu einem Gespräch ins Krankenzimmer. Zuvor musste aber noch ein Röntgenbild angefertigt werden, denn es war ja möglich, dass sich in den vergangenen Monaten etwas verändert hatte. Aber weder diesem Tag und noch am Abend erschien Dr. Wolff nicht und ich wurde unruhig. Ich hatte extra den ganzen Nachmittag das Zimmer nicht verlassen aus Angst, ihn zu verpassen. Ich musste doch unbedingt mit ihm reden, denn ich wollte meine Susi behalten und ihn daher fragen, ob es nicht einen anderen Weg als den der Operation gebe. Alle fünf Minuten nervte ich die Schwestern aufs Neue, ob sie Dr. Wolff gesehen hätten, aber an diesem Abend ließ er sich nicht mehr blicken. „Na toll", dachte ich bei mir, „jetzt hat er mich doch glatt vergessen!"

Natürlich hatte er das nicht und am nächsten Morgen kam er auch schon in aller Frühe zu mir. Als er ins Zimmer trat, strahlte er mich an und wünschte mir einen guten Morgen mit den Worten:

„Frau Sommer, sie haben gedacht, ich hätte Sie vergessen?" „Ja, das habe ich", antwortete ich ihm. Das war ja wohl die dümmste Antwort, die ich ihm nur geben konnte! „Ach! Na, Sie haben ja eine schlechte Meinung von mir!" sagte er und tat, als ob er sogleich wieder gehen wollte. Aber wir wussten beide, dass es nur Spaß war, und solche kleinen Neckereien kamen zwischen uns immer einmal vor. Das machte ihn so menschlich und meine Bettnachbarin amüsierte sich köstlich über diesen kleinen, vermeintlichen Disput. „So", meinte er dann gespielt schmollend, „ich werde Sie eben heute nicht operieren!" Das hatte ich nun davon, signalisierte ich ihm mit gespielt traurigem Blick.

Aber es war ja alles nur Spaß und so schilderte ich ihm also meine Bedenken. Auch er wollte meine Endoprothese nicht auswechseln, eröffnete er mir, und er werde sich dieses Mal, wie er es ja auch immer tat, große Mühe geben und alles tun, was in seiner Macht stand. Die neuen Röntgenbilder zeigten glücklicherweise, dass meine Susi perfekt im Gelenk saß. Ich glaube, er war darüber genauso erleichtert wie ich. Eine Auswechslung wäre unter diesen Umständen daher Sünde gewesen und vielleicht hätte ich nun endlich das Glück, dass mein Körper aufhört, diese Fibrose zu produzieren.

Die Operation verlief ohne Vorkommnisse und nach einer Woche konnte ich die Klinik bereits wieder verlassen. Eigentlich war danach wieder eine Reha angesagt, aber da nicht gewechselt worden war, nahm ich an, dass sie mir nicht zustünde. Aber das war falsch, denn auch dieses Mal hätte ich sie in Anspruch nehmen können. Aber aus irgendeinem Grund hatte mich darüber niemand im Vorfeld informiert. Ich ließ mir stattdessen eine Motorschiene vom Krankenhaus verschreiben, sodass ich das, was in der Reha gemacht worden wäre, zu Hause selbst durchführen konnte. Und so fing ich Schritt für Schritt an und gab meinem Knie die Zeit, die erforderliche Beugung von 90° zu erreichen.

Nun sind wieder ein paar Monate ins Land gezogen und ich sitze hier an meinem Schreibtisch und schreibe meine zwischenzeitlichen Erfahrungen und Erlebnisse auf. Was meine „Susi" sich vorgenommen hat, weiß ich bis jetzt nicht. Ich habe noch immer das Schraubstockgefühl, die mir vertrauten Symptome sind immer noch da. Das „Stechen" und die Überwärmung führten dazu, dass ich noch immer nicht richtig gehen kann. Immerhin fällt es mir nun leichter, das Bein zu strecken – ein kleiner, aber wichtiger Erfolg!

So gehe ich immer noch mit meinen Gehhilfen spazieren, auch sie haben Namen bekommen: Ich nenne sie liebevoll „Keks" und „Krümel". Man wird wohl mit der Zeit nach solchen Erfahrungen etwas wunderlich und ich frage mich oft, ob das normal ist. Aber ich versuche eben, alles mit Humor zu nehmen, was mir jedoch leider nicht immer richtig gelingen will.

Das Gelenk sitzt einwandfrei und ich hoffe, dass sich nicht mehr so viel von der Fibrose bildet und ich endlich einmal Ruhe habe. Ich gehe weiterhin zur Krankengymnastik, denn ich muss meinem Knie Zeit zur Heilung geben. Was kommt, kann ich nicht sagen, ich weiß nur, dass nicht aber auch gar nichts seelisch bedingt war und dass man auf seinen Körper hören sollte. Aber was nutzt diese Erkenntnis, wenn der Glaube gewisser Ärzte so wie damals fehlt.

Ich bin manchmal schon so weit, eine weitere Mail an Dr. Wolff zu schicken, da ich ihm so gern berichten möchte, wie es mir in der Zwischenzeit ergangen ist. Aber ich traue mich einfach nicht mehr. Ich habe große Angst, eine negative Antwort zu bekommen, aber er ist doch der einzige Arzt, der mir helfen kann. Zu ihm habe ich genau wie zu Prof. Hausmann großes Vertrauen. Ich gehe jeden Tag ein paar Mal spazieren, und absolviere meine Übungen.

Als ich diesen letzten Satz geschrieben hatte, war ich der festen Überzeugung, es hätte nun alles ein gutes Ende genommen und Ruhe würde einkehren, aber ich sollte mich irren. Es kommt im Leben manchmal alles anders als gedacht.

DRITTER TEIL

Es waren gerade einmal ein paar Wochen vergangen, als ich spürte, dass mit meinem linken Knie etwas nicht stimmte. Die Streckung fiel mir plötzlich schwer. Doch ich machte die Überanstrengung dafür verantwortlich, da ich das rechte Knie noch immer nicht recht belasten konnte, was wohl zu einer Überforderung des linken Knies führte. Und dann passierte es buchstäblich über Nacht: Bei jeder Streckung verspürte ich starke Schmerzen. Ich konnte das Bein nicht mehr gerade strecken. So musste ich meine treuen Freunde Keks und Krümel wieder aus der Versenkung holen.

Mein Physiotherapeut konnte sich das nicht erklären. Doch es war ein unhaltbarer Zustand und ich spielte wieder mit dem Gedanken, in der Klinik vorstellig zu werden. Ich erzählte meiner Freundin aus Hamburg mein Vorhaben und diese gab mir den dringenden Rat, sofort in der Klinik um einem Untersuchungstermin zu bitten. Aus Erfahrung wusste sie, dass die Wartezeiten wegen einer Terminvergabe immer lang waren.

Es war kurz vor Weihnachten, ich nahm nun all meinen Mut zusammen und rief in der Klinik an. Nach kurzer Zeit hatte ich die Sekretärin in der Leitung und die nette Dame machte sogleich für Anfang Januar einen Termin für mich fest. Ich war froh, dass es keine allzu lange Wartezeit gab, denn ich hatte ja Schmerzen und auch furchtbare Angst. Und ich hatte gar keine Vorstellung, was mit meinem linken Knie nicht in Ordnung war.

Am nächsten Tag bekam ich abermals einen Anruf aus dem Krankenhaus. Die Sekretärin erzählte mir, dass Dr. Wolff zwischen Weihnachten und Neujahr eine ambulante Sprechstunde abhalte, und ich solle doch gleich am Montag nach den Feiertagen um 11 Uhr bei ihm vorstellig werden. Das war ja wie ein Sechser im Lotto! Ich war glücklich und froh, dass ich nicht so lange warten musste. Mein Mann sagte daraufhin, dass ich aufgrund all meiner bisherigen Aufenthalte in dieser Klinik vermutlich schon einen VIP-Status hätte, der das möglich macht. Das Weihnachtsfest verlief harmonisch, die Kinder waren bei uns und der Weihnachtsmann erfüllt viele sehnliche Wünsche.

Ich besorgte mir am Montagfrüh rasch einen Überweisungsschein von meinem Orthopäden und fuhr anschließend in die Klinik. Da zu dieser Zeit

Corona herrschte, wurde ein Test durchgeführt und erst dann durfte ich in den ersten Stock zur Anmeldung gehen, wo ich auf die Untersuchung warten sollte. Das Wartezimmer war gut besucht und auch Dr. Peters, der mich zuerst an Hüfte und Knie operiert hatte, hielt an diesem Tag seine Sprechstunde ab. Für mich aber war das nicht relevant, weil ich ja den Termin bei meinem Dr. Wolff hatte, den ich so gut kannte und bei dem ich in guten Händen war. Und zu einem anderen Arzt wollte ich nicht mehr gehen. Aber letztendlich kann man es sich nicht aussuchen und weil ich nach drei Stunden Wartezeit noch immer wartete – Dr. Wolff hatte eine Teambesprechung und das konnte dauern –, musste ich zu Dr. Peters gehen.

Also erzählte ich ihm, dass ich das linke Knie nicht mehr ohne Schmerz in die Streckung bekäme. Er bat mich, auf der Untersuchungsliege Platz zu nehmen. Nachdem er mein Bein hin und her gerenkt hatte, kam er zu der Diagnose, dass es höchstwahrscheinlich die linke Hüfte sein müsse, die mir so zu schaffen machte. „Na toll", dachte ich, „Jetzt auch noch das!"

Dr. Peters setzte sogleich einen Röntgentermin an und ich machte mich auf den Weg zur Röntgenabteilung. Danach würden wir alles besprechen.

Diesmal also ein Bild von der linken Hüfte. Dr. Wolff glänzte noch immer durch Abwesenheit. Als ich zurückkam, wurde ich sofort wieder ins Sprechzimmer gerufen. Die Röntgenaufnahmen sahen aber nicht so schlecht aus und in der Zwischenzeit war auch Dr. Wolff endlich eingetroffen. Er wurde sogleich dazu geholt.

Dr. Peters schilderte ihm meine Beschwerden, zeigte die Röntgenaufnahmen und Dr. Wolff untersuchte mich abermals. Ich sollte ihm zeigen, wie gut oder wie schlecht mein Gangbild war. Ich ging im Zimmer auf und ab, damit er sich überzeugen konnte, und sein Kommentar war einfach nur: „Katastrophal!" Auch Dr. Wolff konnte sich keinen Reim darauf machen, dass sich praktisch über Nacht mein Knie so verschlimmert haben sollte. Na, das lief doch prima für mich!

Nun berieten sich beide Ärzte und beschlossen, dass ein MRT des Knies angefertigt werden müsse. Ich hatte auch dieses Mal wieder ein wahnsinniges Glück, denn bereits am nächsten Tag sollte ich um 10 Uhr wieder in der Klinik sein. Nach der Untersuchung sollte ich auch gleich mit Dr. Wolff die Auswertung besprechen. Ich war so dankbar, dass sie sich so für mich einsetzten!

So fuhr ich am nächsten Tag ins Krankenhaus, um das MRT machen zu lassen und um endlich zu erfahren, was mit dem Knie nicht in Ordnung war. Ich nahm wieder den Bus, aber diesmal musste ich kurz vor dem Krankenhaus umsteigen. Die Sitze im Bus waren zum Teil so niedrig, dass ich aus eigener Kraft kaum aufstehen konnte und mir zur Unterstützung einen Flaschenzug an der Decke des Busses gewünscht hätte. In der Klinik angekommen, ging ich zur Anmeldung und legte der Schwester meinen Einweisungsschein vor. Sie zeigte mir den Weg zum Untersuchungsbereich. Kurze Zeit später wurde ich schon aufgerufen.

Was jetzt kam, war schmerzhaft, da ich das Knie nicht mehr strecken konnte. Und so dauerte es eine Weile, bis das MRT fertig war. Oben im Wartebereich von Dr. Wolff brauchte ich nicht allzu lang zu warten und er rief mich zu sich ins Sprechzimmer. Er schaute sich die Aufnahme an und war überrascht, dass er darauf die Diagnose „Osteonekrose" stellen musste. Das ist ein Absterben des Knochenareals.

„Oh, das wird ja immer besser!", dachte ich. Seine Diagnose hörte sich überhaupt nicht gut an, aber da es noch das Anfangsstadium war, wollte er uns noch ein wenig Zeit lassen. Es könne ja sein, dass es sich nicht verschlimmerte. Er bat mich, in zwei bis drei Monaten noch einmal zu einem weiterem MRT zu kommen, denn er wollte erst die neuen Aufnahmen abwarten. Mittelfristig stand aber links ein neues Kniegelenk an. Das war für mich ein harter Schlag, ich hatte doch wirklich noch genug mit dem rechten Knie zu tun. Diese Diagnose mit der Aussicht auf eine weitere Endoprothese bereitete mir Angst.

Dr. Wolff riet mir erst einmal, Vitamin-D-Tabletten einzunehmen und viel Quark oder Joghurt zu essen, um die Knochenstruktur zu verbessern. Ich machte sogleich einen neuen Termin zum MRT und nun hieß es abwarten und Tee trinken – oder besser: Quark essen!

Aber in diesen drei Monaten änderte sich überhaupt nichts zum Guten, im Gegenteil: Die Schmerzen wurden schlimmer und ich fieberte dem Untersuchungstermin entgegen. Diese Monate waren mehr schlecht als recht zu überstehen und ich fühlte mich nicht gut, weil ich nun fast nicht mehr laufen konnte. Dazu hatte ich immer die Sorge im Hinterkopf, wie es weitergehen würde. Endlich war der Termin zur Untersuchung da und ich humpelte dorthin, denn anders konnte man meine Gangart nicht mehr bezeichnen.

Dieses Mal war das MRT noch schmerzhafter als beim ersten Mal, da das Knie überhaupt nicht mehr streckbar war. Dennoch musste ich es wenigstens bis zu einem gewissen Grad strecken, was mir schließlich nur noch unter schweren Schmerzen gelang. Diese Untersuchung war für mich einfach grausam! Mit einigen Unterbrechungen wurde das MRT dann zu Ende gebracht. Im Anschluss daran fand auch gleich die Besprechung und Auswertung der Untersuchung statt. Nach kurzer Wartezeit saß ich mit klopfenden Herzen wieder Dr. Wolff gegenüber.

Er blickte mir in die Augen und sah, dass es mir nicht gut ging. Diese Untersuchung hatte mir sehr zugesetzt und in meinem Knie herrschte reines Chaos. Das neue MRT zeigte, dass es keinen anderen Weg gab und eine neue Endoprothese die einzige Möglichkeit war, mir zu helfen. Ich spürte, dass er sich seine Gedanken machte, ob dieses Gelenk mit Fibrose wieder belastet sein würde, ließ aber diesen Gedanken nicht weiter aufkommen. Positiv denken war angesagt! Aber so durfte es nicht weitergehen und daher entschied Dr. Wolff, dass ich ein neues Knie bekommen sollte. „Ach", sagte er zu mir, „das ist wie paddeln auf dem Bodensee." Was wollte er mir damit nur sagen? Im ersten Moment konnte ich mit dieser Aussage nichts anfangen. Vielleicht hieß es ja: gehen wir unter oder bleiben oben? Ach, warum sprach er nur so in Rätseln? Ich traute mich nicht, nach dem Sinn dieses Satzes zu fragen. Das hätte ich ruhig tun sollen, denn ich zerbrach mir tagelang danach den Kopf darüber.

Der neue Operationstermin stand erst in drei Monaten an. Die Warteliste war lang. Diese Warterei, bis man endlich an der Reihe war, war so verdammt zermürbend! Es war für mich die schlimmste Zeit und ich kann bis heute nicht verstehen, dass ich dennoch so viel Gelassenheit und Geduld aufbrachte. Zum Schluss waren die Beschwerden so schlimm und ich hatte kaum mehr die Kraft, dass alles zu erdulden.

Der Tag der Aufnahme war gekommen und mein Blutdruck ging vor Aufregung durch die Decke. Jedes Mal hatte ich das gleiche Problem, aber die Schwester sah bei der Aufnahmeuntersuchung nur den Wert und war beunruhigt. Sie gab mir zu verstehen, dass es mit diesem hohen Blutdruck für eine Operation nicht so gut stände. Diese Aussage machte mich völlig fertig. Im Grunde genommen weiß ich genau, dass mein Blutdruck immer in Ordnung ist, aber eine solche Aufregung trieb ihn dann doch hoch hinaus.

Jetzt muss ich einmal erklären, warum mein Blutdruck solche Probleme machte. Seit ein oder zwei Jahren gibt es in der Klinik im ersten Stockwerk, dort wo sich die Aufnahme befindet, eine besondere Ecke. Dort soll der Patient schon vorab von einem Computersystem gestellte Fragen zu Blutdruck, Gewicht usw. beantworten, was der Voruntersuchung viel Zeit erspart. Nun gibt es aber solche Patienten, die vor lauter Aufregung nicht aufnahmefähig sind, und ein solches Exemplar bin ich. Beim Anblick dieses Fragenapparates wurde ich hippelig und bei mir klappte überhaupt nichts. Ich saß davor und wurde immer aufgeregter. Zaghaft ging ich zur Aufnahme und bat um Hilfe. Ich schien nicht die einzige Patientin zu sein, die mit dem Gerät nicht zurechtkam und eine Schwester erklärte mir alles und half mir.

Als die Narkosebesprechung anstand, empfing mich eine liebe Ärztin, die zuerst meinen Blutdruck maß, weil ich ihr gleich von meinem großen Problem erzählte, aber er befand sich fast wieder im normalen Bereich. Jetzt brauchte ich mir Gott sei Dank keine Sorgen zu machen. Sie versprach mir, mich durch die Operation zu begleiten und gut auf mich aufzupassen. Am Abend, als ich dann auf Station war, kam Dr. Wolff und wir besprachen die Operation. Und wieder fiel sein Blick auf mein

Knie. Er schüttelte den Kopf und meinte nur, das wäre katastrophal! Doch alles Jammern nützte nichts, nun sollte es endlich losgehen.

Der nächste Morgen brach an und meine Bettnachbarin war zuerst an der Reihe; sie würde eine neue Hüfte bekommen. Meine Operation sollte etwa um 10 Uhr stattfinden. Daher ging ich gleich duschen und machte mich fertig. Ich streifte mir das entzückende OP-Hemdchen über, das mir immer so unvorteilhaft stand. Ich hatte mir dieses Mal nichts zur Beruhigung geben lassen, weil ich die Tropfen ein Jahr zuvor nicht vertragen hatte. So wartete ich und war sehr aufgeregt. Jedes Mal, wenn die Tür aufging, machte mein armes Herz einen Hopser. Ich hatte das Bett am Fenster und der Blick ging hinaus auf dem Parkplatz.

Da war die Bushaltestelle. Der Bus, der gerade ankam, fuhr zum ZOB, wo ich immer einstieg, wenn ich zum Krankenhaus musste. Ich träumte davon, in ihn einzusteigen und nach Hause zu fahren. Bestimmt würden sich alle freuen, wenn ich wieder bei ihnen wäre. Besonders meine kleine Cairn-Terrier-Hündin Lenchen, die wir so lieb hatten. Sie sah aus wie ein kleines, schwarz-graues Wollknäuel und hatte tiefbraune Kulleraugen. Ich finde den Spruch treffend, dass das letzte Kind Fell hat. So war es auch bei uns. Ich hatte etwas zum Knuddeln, denn unsere Alexandra wohnte leider ganz oben an der dänischen Grenze und das war für mich ein bisschen zu weit weg.

Die Fahrt mit dem Bus zum Krankenhaus führt über viele kleine Dörfer, zum Teil auch am Fjord entlang. Die Landschaft ist in jeder Jahreszeit wunderschön. Ich bekam immer Herzklopfen, wenn das Ziel vor Augen lag. Schon von Weitem sah man die großen Türme der Rehaklinik aufblitzen, die irgendwie nicht so recht in diese liebliche Landschaft hineinpassen wollten. Sie hatten etwas Bedrohliches an sich und erinnerten mich jedes Mal daran, was vielleicht wieder auf mich zukommen würde, und das Herzklopfen nahm zu.

Mittlerweile war es schon 11 Uhr geworden, dann wurde es 12 Uhr, doch keiner kam mich abholen. Ich hatte doch solche Angst und das Warten sollte bitte endlich ein Ende nehmen. Immer wenn die Tür aufging, dachte ich, es gehe jetzt los. Doch mal kam eine Reinigungskraft, mal eine Schwester, die die Getränkeflaschen auffüllte, aber niemand kam, um mich von der Warterei zu erlösen. In der Zwischenzeit hörte ich von Ferne, dass ein Rettungswagen mit Blaulicht angefahren kam und unten am Portal anhielt. Das roch nach einem Notfall! Mein Gefühl sagte mir, dass es heute nichts mehr werden würde mit der Operation. Die gleiche Situation hatte ich bereits das Jahr zuvor schon erlebt. Durch einen Notfall, der dazwischenkam, fand meine Operation nicht statt und wurde auf den Tag darauf verlegt. Ich hoffte so sehr, dass das dieses Mal nicht wieder der Fall war. Nun, Mister Murphy muss wohl in der Nähe gewesen sein, denn eine Weile später kam eine Schwester zu mir mit der tollen Nachricht, dass die Operation verschoben würde. Es war das eingetroffen, was ich befürchtet hatte.

Es tat den Schwestern sehr leid und ich bekam zum Trost mein Mittagessen, aber der Appetit war mir vergangen. Ich konnte mir mein hübsches Nacht-hemdchen ausziehen und wusste nicht, ob ich mich freuen oder weinen sollte. Ich hatte so viel Angst ausgestanden und ja, ich wusste, dass ein Notfall Vorrang hatte, und selbstverständlich sah ich es ein. In der Zwischenzeit wurde meine Bettnachbarin wieder auf das Zimmer gebracht, sie hatte alles gut überstanden und war schon recht munter. Sie staunte, dass sie mich futternd am Bett sitzend sah. An diesem Abend kam Dr. Wolff mich nicht mehr besuchen. Doch ich erhielt die Nachricht, dass ich am nächsten Morgen gleich früh um 7 Uhr geholt und Gott sei Dank die Erste sein würde, die operiert wurde.

Als ich am nächsten Morgen erwachte, waren meine Nerven sehr angespannt, aber man holte mich pünktlich ab. Der Weg zum Operationstrakt ist immer aufregend und die Angst überfällt mich jedes Mal, denn ab hier gibt es kein Zurück mehr. So viele dumme Gedanken schießen einem dabei durch den Kopf. Als ich oben angekommen war, musste ich mich vom Bett auf eine Trage legen. Danach wurde ich in eine warme Decke ein-gemummelt und in den Operationsbereich ge-fahren. Dort stellte man mich erst einmal in einer kleinen Nische ab, wo sich eine Schwester sogleich sehr lieb um mich kümmerte.

Allzu lang brauchte ich nicht zu warten, denn meine Narkoseärztin eilte auch schon herbei mit den Worten "Guten Morgen meine Liebe! "So beruhigte sie mich etwas und sogar mein Blutdruck war im akzeptablen Rahmen. Aber trotz der liebevollen Behandlung fing ich vor lauter An-spannung an zu weinen. Das war überhaupt nicht gut und sie hielten mir sogleich eine Sauer-stoffmaske vor die Nase und die Narkose wurde eingeleitet.

Aber alles verlief zur allgemeinen Zufriedenheit und als ich aufwachte und wieder zu mir gekommen war, fuhr man mich gleich noch einmal zum Röntgen, um zu überprüfen, ob das neue Gelenk auch richtig saß. Danach kam ich auf mein Zimmer.

So, das war mal wieder geschafft! Ich fühlte mich noch etwas müde und benommen, aber ein großes Glücksgefühl durchströmte mich, weil ich doch so tapfer gewesen war. Und nun besaß ich auch noch ein neues linkes Knie und gab ihm liebevoll den Namen Strolch. Susi und Strolch, na wenn das nicht passte? Jetzt konnte es doch nur noch bergauf gehen. Etwas Reha und dann wollte ich alles hinter mir lassen. Ade, liebe Klinik, so schnell werden wir uns nicht wiedersehn. Wenn ich damals schon gewusst hätte ...

Fünf Tage später wurde ich von der Station abgeholt und es ging zur Reha. Dort gab es zwei Zentren und ich wollte natürlich wieder in das mir mittlerweile sehr vertraute einziehen. Schließlich kannte ich mich dort ja bestens aus. Mein Wunsch war ein Zimmer mit Meerblick und ich war schon gespannt, in welchem Stockwerk es denn läge. Aber Wünsche gehen nun mal nicht immer in Erfüllung. Der Hol- und Bringdienst kam und ich setzte mich entspannt in den mir bereitgestellten Rollstuhl. Dann wurde ich hinüber in das Reha-Gebäude gefahren. Alles war mir so vertraut, aber der Weg führte auf einmal nicht mehr dahin, wohin ich gern wollte. Es ging in das andere Haus! Das war für mich nicht akzeptabel und ich fing an zu protestieren.

Dort angekommen empfing mich eine Schwester, die die Aufnahme durchführte. Mein Gepäck wurde währenddessen auf mein Zimmer gebracht. Ich war erst einmal überhaupt nicht zugänglich. Die Schwester bombardierte mich mit vielen Fragen und erklärte mir die verschiedenen Abläufe und wo man sich überall einfinden musste. Aber sie bemerkte, dass ich nicht bei der Sache war, und beruhigte mich erst einmal. Ich solle zur Ruhe kommen, alles Weitere, werde sie mir dann erklären. Ich muss dazu sagen, dass das mir vertraute Haus zu dieser Zeit saniert wurde und sich einige Etagen im Umbau befanden. Dadurch war das Haus leider nicht für viele Patienten bewohnbar. Das hatte ich zu diesem Zeitpunkt nicht gewusst, aber es hätte mich auch nicht getröstet.

Völlig mutlos humpelte ich zum Fahrstuhl, um mein neues Domizil in Augenschein zu nehmen. Ich bekam eine Art Schlüssel, kam damit aber nicht zurecht. Es war alles hochmodern mit diesem Schloss und ich holte mir erst einmal Hilfe von einem jungen Mädchen, das dort als Reinigungskraft tätig war. Sie zeigte mir, wie es mit dem Schlüssel funktionierte. Diese Reha war einem Hotel angegliedert und die Zimmer waren daher hochmodern eingerichtet. Meines besaß einen Eckbalkon und der Ausblick von dort auf das Meer, den Hafen und eigentlich auf die ganze Umgebung rund um war wunderschön.

Auch die Zimmereinrichtung war nicht zu beanstanden. Ich hatte ein caramellfarbenes, schickes Bett und ein gemütliches Badezimmer. Leider aber fehlten Haltegriffe in der Dusche, was mich in einer Rehaklinik sehr verwunderte. Am Abend zierten Lichtleisten die Kommode, über der ein Fernseher hing. Eigentlich ein Traum, aber ich war dafür partout nicht zugänglich. Ich wollte doch zurück in meine mir so vertraute Umgebung und vor lauter Verzweiflung rief ich meinen Mann an, und erklärte ihm, dass ich, wenn ich zu einer Anwendung solle, die aber in dem anderen Gebäude stattfand, dafür den Hol- und Bringdienst anrufen müsse, denn der Weg war für mich mit meinen beiden neuen Knien einfach zu weit, um ihn zu Fuß hinter mich zu bringen. Alles erschien mir zu kompliziert und ich steigerte mich so in mein Unglück hinein, dass mein

Mann überhaupt nicht mehr vernünftig mit mir reden konnte. Aber er ist ein Mann der Taten und rief kurz entschlossen in dem anderen Rehagebäude an und schilderte dort meine Situation. Eigentlich war ja auch vorgesehen gewesen, dass ich in meine alte gewohnte Umgebung kommen sollte.

Es vergingen nur ein paar Minuten, da klopfte es an der Tür. Eine Schwester war aus dem anderen Reha-Haus gekommen. Sie beruhigte mich und hörte sich meine Probleme und Ängste an. Sie versprach mir, sich um alles Weitere zu kümmern, und machte mir Hoffnung auf eine Verlegung. Jetzt ging es mir etwas besser und ich beruhigte mich. Aber mir stand gleich ein Arzttermin bevor und ich wollte dem Doktor sofort meine Sorgen und Probleme schildern.

Nach einigem Suchen fand ich das Wartezimmer, das glücklicherweise fast leer war. Nur ein Patient saß dort und wartete. Er musterte mich lächelnd und fragte, warum ich so traurig aussähe. Also ich schüttete ich ihm mein Herz aus. Er erzählte mir, dass seine Abschlussuntersuchung erfolgte und dass er in diesem Haus sehr zufrieden gewesen sei. Er sei Spanier und traurige Frauen würden sein Herz zerreißen. Da musste ich doch lachen und entspannte mich, denn seine Offenheit und sein Charme gaben mir Mut.

Kurze Zeit später wurde ich aufgerufen und ging ins Sprechzimmer, wo der Arzt bereits an seinem Schreibtisch vor meiner Akte saß. Wir begrüßten uns und er fragte, wie ich mich fühlte und ob ich Fragen hätte. Und da kam ich gleich mit der Bitte um Verlegung. Ich versuchte, ihm zu erklären, warum dies mein Wunsch war, und schilderte ihm meine Ängste und meine Probleme. Der Arzt sah mich mürrisch an und meinte, es gäbe nur zwei Alternativen. Entweder bliebe ich in diesem Haus oder ich könne sofort nach Hause gehen. Ich hatte ja mit allem gerechnet, aber nicht mit so einer unfreundlichen Abfuhr!

Ich wusste, dass er nun mit einer Antwort von mir rechnete, dass ich klein beigeben würde. Aber er kannte mich nicht! Ich sagte ihm klipp und klar, wenn das so sei, dann solle er sofort meine Papiere fertig machen und ich würde dann nach Hause gehen. Es herrschte erst einmal Ruhe und er schaute mich ein wenig verblüfft an. Ich wiederholte noch einmal, dass ich nach Hause gehen werde. Innerlich war ich in Aufruhr und mir kamen die Tränen, die ich versuchte, hinunterzuschlucken, denn diese Blöße durfte ich mir nicht geben.

Doch meine Stimme zitterte und es gelang mir nicht, zu verbergen, wie es in mir aussah. Für mich war das Gespräch hiermit beendet und ich wollte nur noch weg. Ich merkte, dass er überlegte, warum eine Verlegung so wichtig für mich zu sein schien und dass ich nicht bleiben konnte. Ich versuchte ihm nochmals zu erklären, dass ich drüben in der Klinik ein Schreiben bekommen hätte mit der Information, dass man mich herzlichst in dieser mir vertrauten Reha begrüße.

„So", sagte der Arzt, "ich glaube, wir zwei fangen nochmal von vorn an, denn unser Start ist etwas aus dem Ruder gelaufen". Ich bin kein nachtragender Mensch und hoffte sehr, dass er mich vielleicht doch ein wenig versteht. Der Doktor klärte mich auf, dass es für beide Häuser nur einen Informationsschalter gebe, und dass es nicht sicher sei, dass man ein Wunschzimmer bekomme. Ich gab zu, dass ich das nicht gewusst hätte, und entschuldigte mich bei ihm. Er erzählte mir, warum im Moment im ersten Reha-Gebäude so wenig frei sei. Man sei im Umbau und einige Etagen würden renoviert. Das hatte ich nicht gewusst, jetzt sah ich die Sache in einem anderen Licht. Unsere Anfangs etwas unglücklich verlaufende Unterhaltung war dann bald beendet. Er bat mich, einen Moment draußen zu warten, denn er wollte gleich ein Telefonat führen, um zu prüfen, ob drüben doch noch ein Bett für mich frei wäre. Derweil saß ich im Wartezimmer und fing wieder einmal an zu weinen. Die ganze Anspannung fiel von mir ab, mittlerweile war mir alles so egal und ich ließ meinem Frust freien Lauf. Eine Schwester aus dem Sekretariat schickte mich erstmal hinauf auf mein Zimmer, damit ich mich ein wenig entspannen konnte. So fuhr ich nach oben, aber kaum hatte ich die Tür zugemacht, klingelte bereits das Telefon.

Der Arzt war am Apparat und teilte mir mit, dass man für den nächsten Tag drüben in meinem geliebten Reha-Haus ein Bett für mich frei hätte. Es lag auf der Pflegestation im dritten Stockwerk und er fragte, ob ich damit einverstanden sei. Was für eine Frage! – selbstverständlich war ich einverstanden und ich war ihm so dankbar. Wir waren beide froh, dass sich alles zum Guten geklärt hatte. Trotz der guten Entwicklung sollte es später noch einen Wermutstropfen geben. Offensichtlich hatte man nämlich meine Probleme mit dem Laufen zum Anlass genommen, mich auf eine Pflegestation und nicht auf eine normale Station zu verlegen. Dafür sollte ich später dann noch eine kleine Rechnung bekommen.

Nach diesem aufregenden Vormittag verspürte ich langsam Hunger und machte mich daher auf die Suche nach dem Speisesaal. Dieser befand sich im Erdgeschoss und man gelangte über einen langen Flur dorthin. Da ich zu früh dran war, hatte sich vor mir schon eine Schlange von Patienten gebildet, die alle hungrig darauf warteten, dass man sie in den Speise-saal ließ. Was ich diesmal übersehen hatte: Wer in die Reha kommt, erhält dort einen Plan, indem die Essenszeiten vermerkt sind. Es gibt drei Termine für morgens, mittags und abends. Meine Zeit war von 7 Uhr 45 bis 8 Uhr 30. Die „7-Uhr-Schicht" saß noch im Speisesaal und aß zu Mittag. Aber erst wenn der Letzte aufgegessen hatte, konnte die nächste Gruppe hinein.

Was mich amüsierte: Auf dem Flur zum Speisesaal standen die Hungrigen rechts an der Wand und links liefen die Patienten, die ihre Mahlzeit beendet hatten, an uns vorbei. Fast jeder Patient, der aus dem Speisesaal kam, grüßte. Da immer ungefähr 50 Patienten einer Gruppe angehörten, kam man aus dem Grüßen, Lächeln und Hallo sagen nicht mehr heraus. Irgendwie war es schön. Jeder war so freundlich und es entstand eine Art Gemeinschafts-gefühl.

In diesem Speisesaal arbeiteten kleine Roboter mit einem drolligen Katzengesicht. Ihr Körper hatte die Funktion eines Tabletts. Dort hinein wurde von den Angestellten die Mahlzeit für den Patienten gestellt und der kleine elektrische Helfer kam dann angefahren und blieb an dem jeweiligen Tisch stehen. Man nahm dann sein Essen in Empfang und tippte auf einer Stelle am Köpfchen des Roboters, worauf der kleine Kerl wieder zurückfahren sollte. Bei mir blieb er jedoch immer stehen und alles gute Zureden und Tippen brachte nichts. Ein Tischnachbar zeigte mir genau den Punkt, wo ich ihn berühren musste, und dann klappte es endlich. Das gefiel mir in diesem Haus sehr gut.

Am nächsten Morgen packte ich schon in aller Frühe meine Sachen wieder ein, denn ich sollte mich nach dem Mittagessen drüben in „meinem" alten Haus auf der Station 3 im Schwesternzimmer melden. Mein Gepäck sollte mir aber erst am Nachmittag gebracht werden, weil der Hol- und Bringdienst es zeitlich nicht früher schaffen würde. Ob ich damit einverstanden sei, wenn meine Sachen nicht sofort auf meinem Zimmer wären, fragte man mich. Ich weiß aus Erfahrung, dass dieser Hol- und Bringdienst viel in Anspruch genommen wird und auch zu dieser Zeit ein Personalmangel herrschte und willigte daher gerne ein. Als am Nachmittag mein Gepäck kam, bedankte sich die Mitarbeiterin bei mir, dass ich so geduldig war und nicht auf sofortige Lieferung bestanden hatte. Für mich war das selbstverständlich, aber ich hatte so den Eindruck, dass es Patienten gab, die nicht so geduldig waren wie ich. Jedenfalls immer, wenn wir uns danach trafen, ob auf einem der Gänge oder in einem Wartebereich, begrüßten wir uns herzlichst. Das war für mich eine sehr schöne Erfahrung. Ich war überglücklich und jetzt konnte die Reha beginnen.

Trotz der Schwierigkeiten, die ich mir letztendlich selbst bereite hatte, muss ich ein großes Lob aussprechen: Egal, in welches Haus man kommt, alle sind bemüht, es den Patienten so angenehm wie möglich zu machen. Dafür meinen herzlichsten Dank! Ich möchte auch ein paar Worte über diese Pflegestation schreiben und eine junge Ärztin erwähnen, die auf dieser Station tätig war.

Sie war ein aufgeschlossener und lieber Mensch. Bei ihren Untersuchungen hatte man immer etwas zu lachen und sie behandelte jeden einzelnen Patienten wie einen guten Freund. Als der Tag kam, dass meine Fäden gezogen werden sollten, freute sie sich unbändig und sagte, sie könne es gar nicht erwarten, endlich anzufangen. Vorher kämpfte sie aber noch mit einer Papierrolle, die nicht brav auf einem ihrer Tische liegen bleiben wollte. Beim Abschlussgespräch sagte ich ihr, sie solle bloß so bleiben, so wie sie sei. Ihre Antwort lautete, dass man sie sowieso nicht mehr ändern könne, und dabei lachte sie herzhaft. An diese Ärztin denke ich immer sehr gern zurück!

Die drei Wochen Reha gingen schnell vorbei und ich kam endlich wieder nach Hause. Der Alltag mit Susi und Strolch fing jetzt richtig an. Jede Woche Krankengymnastik und die Motorschiene leistete mir sechs Wochen lang Gesellschaft. In dieser Zeit begleiteten mich meine Gehhilfen Keks und Krümel auf all meinen Wegen. Mit ihnen ergab sich eines Tages ein denkwürdiges Erlebnis. Es war an einem Vormittag und ich musste Einkaufen fahren. Da ich noch nicht selbst wieder Auto fahren konnte, war mein Schwiegervater so lieb und fuhr mich zum Supermarkt. Keks und Krümel wurden in den Einkaufswagen gelegt und ich erledigte meine Besorgungen. Sie waren schon seit meiner Hüftoperation 2017, meine treuesten Wegbegleiter. Nie hätte ich es mir träumen lassen, dass es so eine lange Freundschaft werden würde. Der Einkauf war beendet, die Lebensmittel wurden ins Auto gepackt, der Einkaufswagen wieder abgestellt, und ab ging es nach Hause.

Als ich die Haustür aufschloss, nahm mein Mann mir schon die Tüten und Taschen ab. Plötzlich stutzte er und fragte, wo denn Keks und Krümel seien? Ja, wo waren sie geblieben? Und da fiel mir ein, dass sie noch im Einkaufswagen liegen mussten. Ich hatte sie doch glatt vergessen, was war ich aber auch für eine schlechte Freundin! Mein Mann rief sogleich im Supermarkt an und bat den Mitarbeiter am Telefon, ob er mal nachsehen könne, ob ein Paar türkisfarbene Gehhilfen gefunden hätten oder ob sie vielleicht in einem der Einkaufs-wagen lägen. Er tat uns den Gefallen und tat-sächlich, beide Gehhilfen wurden wohlbehalten in meinem Einkaufswagen gefunden. Man teilte mir mit, dass ich sie am Informationsschalter abholen könne. Zu dieser Zeit war ja ein Leben ohne meine beiden Freunde unvorstellbar.

An den Problemen mit meinen Dauerbaustellen sollte sich allerdings noch immer nichts ändern. Nach einiger Quälerei beim Laufen und nächtlichen Schmerzen im Knie fand ich mich wieder bei meinem Orthopäden ein. Nach der Untersuchung hatte er wegen der noch immer fehlenden Stre-ckung Bedenken und wollte mir gleich wieder einen Überweisungsschein für die Klinik samt Ter-min mitgeben. Mein erster Gedanke war „Nicht schon wieder!" Ich bat den Arzt um etwas Zeit, denn Weihnachten stand vor der Tür und ich brauchte erst einmal etwas Abstand und Ruhe. Er verstand mich, sagte mir aber, dass, wenn auch weiterhin überhaupt keine Verbesserung einträte, ich mich Anfang Januar wieder bei ihm einfinden solle. Dann würde kein Weg an der Klinik vorbei führen. Da ließ er nicht mit sich reden und er hatte so Recht.

An einem kalten, trüben Januartag humpelte ich wieder einmal zu meinem Arzt. Jetzt fehlten schon 30 Grad an der Streckung und ich sah ein, dass es so nicht weiter ging. Er wollte selbst einen Termin für die Untersuchung machen und ich sagte ihm, dass ich Patientin von Dr. Wolff sei und nur zu ihm in Behandlung wolle. Da die Wartezeiten bei Dr. Wolff aber immer lang waren, veranlasste er einen Termin bei Dr. Peters, der mich am Anfang operiert hatte.

Damit war ich zwar überhaupt nicht einverstanden, doch ich konnte nicht ewig warten. Nach zwei Wochen hatte ich dann schon einen Unter-suchungstermin in der Klinik. Ich war traurig, dass es nicht bei meinem Dr. Wolff geklappt hatte, denn wenn ich jemanden vertraue, dann gebe ich ihn nicht mehr her. Aber es nutzte alles nichts, und mir war es mittlerweile irgendwo auch schon gleichgültig. Ich musste da durch, wenn ich irgendwann einmal wieder besser laufen können wollte.

Nach relativ kurzer Wartezeit wurde ich ins Untersuchungszimmer gebeten. Ich schilderte Dr. Peters meine Probleme, aber es stand ja auch alles bereits in seinem Computer, sodass er sich selbst ein Bild gemacht hatte. Nun untersuchte er mich und sah schnell, wo das Problem lag. Um die Entscheidung was zu tun wäre nicht allein fällen zu müssen, rief er im Operationssaal an und fragte, ob Dr. Wolff einen Moment Zeit hätte, um sich selbst ein Bild von meinem Knie zu machen. Aber mein lieber Doc war noch mitten in einer Operation. Dr. Peters überlegte einen Moment und bat mich dann, noch einmal eine Kniepunktion machen zu lassen, am besten gleich heute, um sicherzugehen, dass alles in Ordnung sei. Die weitere Behandlung nach dem Ergebnis der Punktion werde Dr. Wolff wieder übernehmen.

Au fein, da freute ich mich, als ich hörte, dass ich wieder zu meinem mir vertrauten Arzt kommen durfte, freute mich aber nicht auf die erneute Punktion, denn ich hatte doch jedes Mal solche Angst davor! Und zu meinem Unglück oder Glück war ein Arzt greifbar, der diesen kleinen Eingriff sofort durchführen würde. Dr. Peters wollte mir zum Abschluss der Untersuchung erklären, wo ich jetzt hingehen sollte, aber ich winkte nur ab – den Weg kannte ich, auch die Nummer des Zimmers, wo ich warten musste. Zu oft hatte ich dort schon mit Herzklopfen gesessen und auf das Unvermeidliche gewartet. Mir blieb aber auch nichts erspart. Und da saß ich nun und hoffte, dass ich es schnell hinter mich bringen konnte.

Ich muss dazu sagen, dass ich immer ein wenig Zeit brauche, um mich auf eine erneute Untersuchung seelisch vorzubereiten. Anstatt dankbar zu sein, dass es gleich geschieht, schieb ich sie lieber vor mir her. Trotzdem kreisen meine Gedanken immer um diese Untersuchung. Ich bin ja selber schuld, wenn ich es mir im Leben so schwer mache! Kurze Zeit später kamen ein Arzt und ein Pfleger den Gang entlang und blieben vor dem Behandlungszimmer stehen. Der Arzt fragte nach meinem Namen und sagte, ich käme ihm bekannt vor. Ja, er hatte recht – ein Jahr zuvor lag ich auf seiner Station, auf der er Stationsarzt war. Na, jedenfalls ein bekanntes Gesicht, dachte ich bei mir, aber es tröstete mich eigentlich nicht.

Der Doc ging das ganze Procedere lässig an und es wurde sogar gescherzt. Dieses Mal sollte ich auf der Untersuchungsliege sitzen bleiben, okay, sonst lag ich immer. Am Rand sitzend, ließ ich die Beine entspannt schaukeln und der Arzt fühlte erst einmal mit der Hand mein Knie ab. Jeden Schritt, den er tat, erklärte er mir. Zuerst pinselte er mein Knie mit einer Jodtinktur ein und sagte, dass ich keine Angst zu haben bräuchte. Der gleich erfolgende Pieks sei nicht schlimm. Na, er hatte gut reden, aber es nutzte alles nichts, tapfer bemühte ich mich, weiterhin so locker zu bleiben. Als er dann vor mir saß, die Spritze mit der dicken Nadel in der Hand, hätte ich am liebsten zum zweiten Mal „die Kurve gekratzt". Er tastete noch einmal mein Knie ab und suchte den Punkt, an dem er einstechen wollte.

„So, und nun schön locker lassen und nicht verkrampfen", hörte ich ihn sagen. Ich bemühte mich, nicht an den Pieks zu denken und schaute aus dem Fenster, wo ich leider nicht viel sah. Ich spürte den Einstich, aber es war diesmal nur halb so schlimm wie befürchtet. Ein leichter Druck, ein kleiner brennender Schmerz, dann war auch schon alles vorbei. Mir fiel ein Stein vom Herzen und meine Anspannung löste sich. Wieder hatte ich es tapfer durchgestanden – hoffentlich zum allerletzten Mal; Zwei Wochen sollte es nun etwa dauern, bis aus dem Labor der Befund kam. Danach musste ich weitere zwei Wochen warten, erst dann hatte ich den Termin bei Dr. Wolff.

Die elende Wartezeit zerrte an meinen Nerven, aber es nutzte alles nichts. Noch eine Fahrt zur Klinik und wieder grüßten die beiden Reha-Türme aus der Ferne. Mit Herzklopfen saß ich nun im Sprechzimmer. Ich hatte jedes Mal ein schlechtes Gewissen, weil mir immer wieder die Fibrose zu schaffen machte und ich das Gefühl hatte, vielleicht nicht genug selbst getan zu haben, damit es mir besser ging. Aber wenn ich doch nicht in diese verdammte Streckung kam! Dr. Wolff untersuchte mich und ja, 30 Grad fehlten und das war zu viel.

Er saß an seinem Schreibtisch vor dem Computer und ich wusste, dass er wieder hin und her überlegte, was er machen könnte. Ich hatte das Gefühl, dass man ihm in solchen Moment nicht ansprechen durfte. Er seufzte tief auf und kam zu der Erkenntnis, dass ich ein Sorgenkind sei. „Ja, vielen Dank auch", dachte ich bei mir, „ich habe ja auch keine anderen Hobbys!" Doch er war nicht der erste Arzt, der diese Feststellung gemacht hatte. Er hatte ja recht und es war auch nicht böse oder abwertend gemeint, das wusste ich ja.

Dr. Wolff wollte wieder selbst operieren, und das war für mich sonnenklar und eine Erlösung. Ich wusste, dass sie alle dort gute Chirurgen waren, aber zu ihm hatte ich nun einmal das größte Vertrauen. Das Gleitlager sollte gewechselt werden, eröffnete er mir – unwillkürlich dachte ich dabei an die Werkstatt meines Mannes. Auf jeden Fall würde ich wieder gut in die Streckung kommen, sagte Dr. Wolff.

Zu dieser Zeit lag meine Schwägerin Sabine ebenfalls in „meiner" Klinik, auch sie bekam eine zweite Knie-Endoprothese. Bei ihr lief glücklicherweise alles reibungslos ab und die Reha brachte gute Fortschritte. Nach ein paar Wochen lief sie wieder fast normal, benutze aber weiterhin ihre Gehhilfen. Es tat ihr leid, dass fast zwei Monate Wartezeit vor mir lagen, aber ich hatte in meinem Leben schon so viel gewartet und trug es mit Fassung.

Eines sonntags trafen wir uns alle zum Kaffee bei mir zu Hause. Sabine erzählte von der Operation und ihren Fortschritten. Mir lag aber etwas anderes auf der Seele. Es ging um den Computer, der von mir Auskunft haben wollte, wie viel ich wog – so eine Frage stellte man nicht, jedenfalls nicht mir -, der den Blutdruck maß und einige andere Informationen aus mir herauskitzeln wollte. Von diesem Elektroknecht habe ich ja schon berichtet. Aber nun dachte ich wieder an ihn und bei diesem Gedanken war mein Blutdruck bestimmt schon sehr hoch. Also fragte ich Sabine, wie sie mit diesem Gerät zurechtgekommen sei – natürlich so ganz nebenbei, denn ich wollte ja nicht den Eindruck erwecken, nicht intelligent genug zu sein, um diesen Computer zu bedienen.

„Ach", sagte sie, „das war ja das Einfachste auf der Welt." Sie finde diese Computereinführung eine gute Sache, weil es die Arbeit der Schwestern bei der Aufnahme erleichtere. Und der Patient brauche nicht mehr so lange zu warten – dass fand sie besonders genial. Nun, aber ich fand das nicht und hatte Angst, mich dumm anzustellen und dass der Blutdruck wieder ins Unermessliche schießen würde. Ich erklärte ihr so ganz nebenbei meine Ängste und dass ich mich schon einmal so ungeschickt angestellt habe und jetzt wieder mit Grausen daran dächte.

Sie fragte, an welchem Tag und um welche Uhrzeit ich die Aufnahme hätte, und versprach mir, dann vor der Klinik auf mich zu warten und mit mir zusammen die Fragen am Computer zu beantworten. Oh, da fiel mir ein Stein vom Herzen! Denn ich wusste, ich konnte mich auf sie zu 100 Prozent verlassen. Außerdem war sie selbst medizinische Fachangestellte und kannte sich somit bestens aus. Jetzt fühlte ich mich besser und der Tag durfte kommen.

Er kam auch – an einem sonnigen Junimorgen. Mein Mann hatte bereits am Abend zuvor das Taxi bestellt, er konnte mich aus beruflichen Gründen nicht selbst fahren. Ich konnte mir also wieder einmal die beiden hohen Reha-Türme anschauen. Irgendwann würden sie mir noch einmal zuwinken, wenn ich kam. Als ich in der Klinik ankam, musste ich nicht lange warten. Sabine war glücklicherweise auch schon da. Es war herrlich, ich brauchte mich um nichts zu kümmern, wir saßen vor dem Fragencomputer und sie machte alles für mich. Sie schob meinen Rollkoffer, kümmerte sich um meine Papiere und der Blutdruck hatte an dem morgen keinen Grund, sich aufzuregen. Sabine blieb bei allen Voruntersuchungen bei mir und es war sogar recht lustig. So entspannt brachte sie mich dann noch auf die Station. Dann musste sie mich leider wieder verlassen, denn meine Nichte hatte bald Schulschluss und der Kühlschrank war noch nicht aufgefüllt. Ich bin ihr heute noch unendlich dankbar!

Nachdem ich mein Zimmer bezogen hatte, begab mich auf den Weg zum Röntgen, danach konnte ich das Mittagessen genießen. Na ja, mal so unter uns, genießen war nicht der richtige Ausdruck. Ich hatte zum Glück ein Bett am Fenster, aber leider wieder mit Blick auf dem Parkplatz. Meine Bettnachbarin war zuvor aus dem Operationssaal gekommen, sie hatte eine neue Hüfte erhalten. Ich packte leise meinen Koffer aus, denn ich wollte sie nicht unnötig stören und dann wartete ich.

Der Aufnahmetag war immer aufregend. Am Vormittag die ganzen Untersuchungen, dann stellte man sich die Frage, in welches Zimmer man gesteckt wird und ob die Bettnachbarin gut verträglich ist. Der Nachmittag dagegen war langweilig, aber Dr. Wolff würde irgendwann zur Besprechung kommen. So weit die Planung, aber es wurde dann doch meist Abend, bevor ich ihn sah.

Ich hatte diesmal großes Glück, denn die Operation sollte bereits früh um 8 Uhr beginnen. Jetzt war es wieder soweit! Kurz nach 7 Uhr holte der Pfleger mich ab – jetzt gab es kein Zurück mehr. Ich wurde liebevoll oben im OP empfangen und ehe ich mich versah, lag ich schon in tiefem Schlummer. Sabine hatte mir noch den Rat gegeben, um eine sogenannte Schmerzpumpe zu bitten. Sie hatte damit nur gute Erfahrungen gemacht. Natürlich wollte auch ich so eine Pumpe haben und bat meinen lieben Arzt um dieses Gerät. Diesen Wunsch erfüllte er mir. Das war ja alles im Nachhinein ganz schön, aber ich hatte bei dieser Pumpe kein Gefühl in meinen Zehen. Davon hatte mir Sabine nichts gesagt. Und als am Abend Dr. Wolff nach mir sah, jammerte ich auch sogleich los. Es hatte aber alles seine Richtigkeit, trotzdem stellte er die Schmerzpumpe erst einmal ab, damit ich wieder ein Gefühl bekommen soll. Zur Nacht würde mir die Schwester die Pumpe neu einstellen.

Im Nachhinein brauchte ich sie gar nicht, aber ich habe sie einmal ausprobiert. Ich war so froh, wieder alles gut hinter mich gebracht zu haben, und jeden Tag ging es mir besser. Mit meiner Bettnachbarin verstand ich mich prima, was die Sache sehr erleichterte.

An dieser Stelle möchte ich ein großes Lob und ein herzliches Dankeschön dem Reinigungspersonal sagen. Alle waren immer so freundlich zu uns Patienten! Ein Erlebnis hat mich sehr berührt und das werde ich nie vergessen. Es war am Wochenende, und da ich nun schon oft in dieser Spezialklinik gelegen habe, kannte ich das Personal. Damals, als ich mit meiner Hüfte zum ersten Mal dort lag, lernte ich eine besonders liebe Reinigungskraft kennen. Ihre burschikose Art, verbunden mit aufrichtiger Freundlichkeit war herzerfrischend. Wir hatten immer etwas zu schnacken und zu lachen und jedes darauffolgende Jahr, wenn ich operiert wurde, sahen wir uns.

Sie staunte und schüttelte den Kopf, wenn ich sie immer freudestrahlend begrüßte. Jedes Mal sagte sie zu mir, dass sie mich hier nicht mehr sehen wolle. Wie gern hätte ich ihr den Wunsch erfüllt! Später wunderte sie sich nicht mehr, dass ich schon wieder da war, und so hatten wir immer mächtig Spaß, wenn sie bei uns das Zimmer wischte und die Hausschuhe hin und her schob, die ihrem Wischmop im Wege waren.

Aber bei diesem letzten Aufenthalt kam eine andere Reinigungskraft zu uns und auch sie war nett. Da meine Bettnachbarin an diesem Morgen schon entlassen worden war, musste sie das Bett reinigen und neu beziehen. Ich hatte sie zuvor noch nie gesehen und wir kamen ins Gespräch. Ich wusste aus eigener Erfahrung, wie anstrengend diese Tätigkeit sein konnte, denn ich habe auch schon Putzstellen gehabt. Als sie mit meinem Zimmer fertig war, kam sie zu mir ans Bett und gab mir ein kleines Geschenk. Im Gespräch hatte ich herausgehört, dass es Patienten gab, die nicht so freundlich waren und über die sie sich oft sehr ärgerte. Aber wir beide verstanden uns super. Dieses Geschenk bestand aus einem kleinen gehäkelten roten Herz mit einem kugelförmigen Köpfchen darauf. Das sah süß aus und sie meinte, weil ich so ein lieber Mensch sei, hätte ich es mir hiermit verdient.

Ich war im ersten Moment gerührt und mir kamen fast die Tränen. Diese liebevolle Geste hat mich so glücklich gemacht! Sie erzählte, dass sie diese kleinen Handarbeiten in ihrer Freizeit herstellte, um den Patienten damit eine Freude zu bereiten. Bei mir hatte sie das auf jeden Fall erreicht und ich bedankte mich von ganzem Herzen für dieses liebevoll gemachte Geschenk. Von solch einen Erlebnis muss ich einfach berichten. Sie hat einen so anstrengenden Job und stellt in ihrer Freizeit für die Patienten noch so hübsche Dinge her, um sie glücklich zu machen! Das sind liebevolle Gesten, die so viel bewirken können. Dafür meinen besonderen Dank und großen Respekt- schön, dass es solche Menschen wie Dich gibt!

Das Wochenende war da und ich lag allein in meinem Zimmer. Das war so langweilig! Eigentlich könnte ich doch nach Hause gehen, dachte ich so bei mir. Ich nahm mir vor, am Montag Dr. Wolff zu fragen, ob er damit einverstanden wäre. Der Montag kam und mit ihm mein Doktor. Er war bestens gelaunt und freute sich, dass ich gut in der Streckung war. So, wie er sich an diesem Tag gab, hatte ich ihn auch noch nicht kennengelernt. Er war einfach nur Mensch, ein Mensch, der sich mit mir freute, der nicht den Chef herauskehrte – was er sowieso nie tat – und der scherzt und mit dem man über alles reden konnte.

Ich erzählte ihm, dass ich gerne nach Hause gehen wolle, dass die Motorschine bestellt sei, und auch Termine für die Krankengymnastik gemacht waren. Er hatte nichts dagegen, aber er wollte mich dieses Mal „an der langen Leine halten". Ich sollte, wenn es mir recht sei, zum Ende des Jahres noch einmal vorstellig werden. Er würde mein Knie gerne im Auge behalten. Diese Bitte erfülle ich ihm natürlich, denn er war immer für mich da und was er anordnete, das würde ich befolgen. Er verabschiedete sich herzlichst von mir und als er an der Tür stand, drehte er sich noch einmal um und sagte, ich solle gut auf mich aufpassen und das gab ich von Herzen gern an ihn zurück.

Es ist jetzt an der Zeit, meine Schilderung zu beenden. Meinen Knien und mir geht es zeitweise bereits recht gut, die Streckung ist wunderbar und kleine Strecken laufe ich bereits ohne Keks und Krümel. Mein Wunsch für das Ende des Jahres 2024 ist der, dass ich, wenn ich wieder zur Untersuchung muss, ohne Beschwerden und mit diesem Buch in der Hand zu meinem lieben Dr. Wolff ins Sprechzimmer gehen kann. Und mich bei ihm für alles von ganzem Herzen bedanken darf, was er für mich getan hat.

Zu einem großen Teil begleitete die Orthopädie meinen bisherigen Lebensweg. Eine Vielzahl von Ärzten lernte ich kennen, die nicht unterschiedlicher hätten sein können. Zu diesen gehörten glücklicherweise überwiegend die, die mich prägten. Bei ihnen fand ich Schutz, wenn ich nicht mehr weiterwusste. Sie gaben mir Zuversicht und Kraft.

So danke ich ganz besonders meinem Prof. Dr. Hausmann. Leider lebt er schon lange nicht mehr. Aber ich glaube fest daran, dass er von oben herab auf mich aufgepasst hat, wenn ich tiefenentspannt bei meinen Operateuren auf dem Tisch lag. Als ich meine Erfahrungen aufschrieb, fragte ich mich oft, warum dieses große Vertrauen zu ihm in mir war, wo er es doch anfangs vielleicht gar nicht verdient hatte als er mich als kleines Mädchen nicht recht ernst nehmen und mir sogar den Hintern versohlen wollte. Eine Rolle mögen dabei die damaligen Untersuchungsmethoden oder technischen Möglichkeiten gespielt haben. Heute ist es für mich verständlich, denn er war ja nie dabei, wenn ich die halben Luxationen hatte. Die damaligen

Röntgenbilder gaben das Problem anscheinend nicht preis. Oft musste ich gegen Windmühlen ankämpfen, aber da mein Sternzeichen der Skorpion ist, von vielen geächtet, aber mir Kraft gebend, gab ich nie auf.

Als ich das Manuskript zu diesem Buch über die Jahre fortführte, fiel mir auf, was sich alles verändert hatte. Damals, als ich als junges Mädchen wegen meines Armes im Krankenhaus lag, war einmal die Woche Chefarztvisite. Es war jedes Mal ein Ereignis der besonderen Art. Der Patient hatte brav im Bett zu bleiben, die Schwestern zogen die Laken glatt und man wartete mit Herzklopfen auf diese Visite. Wenn der Chefarzt dann inmitten seiner weißen Wolke am Bett des Patienten stand, wurde kurz nach dem Befinden gefragt. Lateinische Begriffe flogen einem nur so um die Ohren und der Mut zu fragen, wenn man etwas auf dem Herzen hatte, der verschwand.

So ging es mir damals. Aber heute ist es anders. Trotz des überbordenden Verwaltungskrams, der vielen Ärzten das Leben schwer macht und wichtige Zeit, die sie eigentlich am Patienten sein müssten, auffrisst, nehmen sie sich Zeit, oftmals mehr als eigentlich möglich. Auch dafür meinen aufrichtigen Dank und Respekt!

Ich schildere hier selbstverständlich nur meine Sichtweise. Es gibt eben immer unterschiedliche Meinungen und Erfahrungen. Ich habe alles ehrlich so aufgeschrieben, wie ich es erlebt habe und noch erlebe. Ich bin dankbar für die kostbare Zeit, die sich meine Ärzte für mich genommen haben.

Ein weiterer großer Dank geht an meinen Hausarzt Dr. Frese, der für mich nicht nur Arzt, sondern auch ein väterlicher Freund war.

Ich danke allen Ärzten hier oben in der Spezialklinik, die sich um mich gekümmert hatten, vor allem Herrn Dr. Peters, der liebevoll von mir im Stillen „Dr. 1o.ooo Volt" genannt wird, weil er immer so temperamentvoll ins Zimmer geschossen kam. Er ist eben ein ganz quirliger Typ, der die operierte Hüfte oder das Knie zu ungeahnten Turn-übungen animierte, um dem Patienten die Angst zu nehmen und ihm zu zeigen, dass man diese Gelenke durchaus wieder bewegen durfte und sogar musste.

Ich danke den Stationsärzten, dem gesamten Pflegeteam, das mich vor und nach den Operationen stets liebevoll pflegte und das nicht ein einziges Mal murrte, wenn ich wegen der Schmerzen doch lieber die Bettpfanne wollte, anstatt auf die

Toilette zu gehen. Auch wenn ich einmal mehrfach klingeln musste, kamen sie immer sofort und sei es auch nur, um meine Bitte zu erfüllen, das Ladegerät des Smartphones in die Steckdose zu stecken, an die ich anfangs nicht herankam.

Ich danke den Physiotherapeuten, mit denen man immer so toll quatschen konnte. Jeder von Ihnen gab stets sein Bestes und nahm auch Rücksicht, wenn man an einem Tag besonders wehleidig war.

Mein Dank gilt den Mitarbeitern von der Aufnahme, der Verwaltung und den Schwestern bei den Voruntersuchungen, den Narkoseärzten und dem „Empfangskommitee" oben im OP-Bereich, an denen kein Weg vorbeiführte.

Mein großer Dank gilt aber auch den Reinigungskräften, die bei uns sauber machten, verschollen geglaubte Gegenstände unter dem Bett hervorzauberten und stets freundlich waren. Sie haben wirklich einen Knochenjob. Meiner Meinung nach sollte jeder von uns für seine Arbeit geachtet werden – gleich ob er Chirurg oder eine Reinigungskraft ist. Jeder trägt einen wichtigen Teil für das Gesamtgelingen bei!

Und zu guter Letzt danke ich von ganzem Herzen Dr. Wolff, dem Chef der ganzen Truppe. Er hat und hatte stets ein offenes Ohr für mich. Er nahm sich Zeit, ließ mich nie mit meinen Problemen allein, gab sich immer die größte Mühe. Ich wünsche ihm und all den anderen in dieser Klinik und der Reha weiterhin viel Erfolg. Bitte passt auf Euch auf, Ihr seid Spitze!

Zum Abschluss geht noch ein besonderer Dank an Christian v. Raumer, der mich durch mein Buch begleitet hat und an Heiko Benkenstein, der meinen Entwurf des Coverbildes so unvergleichlich schön umsetzte.